DESARROLLO HUMANO
"Los Secretos de la Transformación"

Por: 1 Circle HDG

Proyecto Círculos

Proyecto Círculos

Título: Desarrollo Humano - Los Secretos de la Transformación - Parte 1

Copyright ©, 2023 1 Circle HDG

Autor: 1 Circle HDG

Información de contacto: publishing@1circulehdg.org

ISBN: 979-8-9890615-1-8

Edición: Fernando García A
Dirección: Proyecto Círculos.
Diseño de la portada e ilustraciones de: Johana Arismendy
Revisión: Adriana Escobar - Johana Castillo
         Johana Arismendy - Ariel Baserio

INTRODUCCION

La "*razón*" y la realidad percibida se integran para operar como un "*sistema*" nutrido por el "DESEO". En la misma medida en que la humanidad progresa, este DESEO no consigue arreglar su sistema y **comienza a sentirse cada vez más insatisfecho.**

Sin embargo, el DESARROLLO del DESEO hacia la "*plenitud*" está asegurado. La sensación contraria que experimenta se debe a que este "sistema" y sus elementos están previstos *solo como un comienzo*, **UN PUNTO** de partida provisorio que debe ser "*TRASCENDIDO*".

Con esto nuestra transformación será "*Interna*", INCLUYENTE y capaz de abrir el corazón para percibir *sensorialmente* lo que está más allá de la **razón**.

Un nuevo "*sistema*" en el cual el deseo se corrige y nos impulsa a la **"VERDADERA"** realidad. Así, la creatura "RENACE", se **adhiere** al REY y evoluciona bajo **SU** influencia en una "sentida relación" con Él.

El libro se sirve de alegorías para que pueda *captarse algo que los oídos no pueden escuchar.* La alegoría explica como la naturaleza primordial de la **luz Infinita, le da origen** al nuevo y **verdadero** "HOMBRE". Vistiendo la "FORMA *FUTURA*" que fue dada en el mismo pensamiento de la creación.

El Editor.

Epígrafe

Un gusano que nació dentro de un Rábano, **está sentado y piensa:**
"Todo el mundo del Rey, es tan amargo, oscuro y pequeño como el **Rábano en el que** vivo.
Pero en el momento que se hizo una **grieta en la cascara** salió, se sorprendió **y dijo:**

¡*Yo pensé que todo el mundo era tan pequeño y amargo como el rábano en el que nací!*
Ahora veo *frente a mí un mundo grande, ¡iluminado, hermoso y maravilloso!*

Baal HaSulam

Contenido

Un Pensamiento –-Tres Estados

Algo Nuevo, Ausencia – Desarrollo Gradual

Nueva Era – Primeros pasos

Dedicatoria:

A todos los niños, los de hoy y siempre:

Todo ser humano nace con un deseo que aún no despierta, un ferviente anhelo que pertenece al deseo del Ser Superior, Su Padre; ellos engendraron en él este maravilloso punto, esta semilla cuya presencia fue incluso anterior al tiempo.

Durante miles de años, en el proceso de desarrollo de nuestro viaje temporal, esta pequeña semilla ha sido cubierta por una tierra que no es suya. Un proceso cuidadosamente otorgado, para que pueda desarrollarse según las necesidades de cada era.

Después de un proceso acumulativo de muchas entradas y salidas, lentamente y en número muy pequeño de personas, esta semilla comienza a despertar y como un enorme dominó deja caer su primera ficha que toca la que le sigue. A su vez, esta sirve de catalizador para la tercera y así sucesivamente en una interminable cadena de causa y consecuencia, hasta nuestros días y más allá.

A través de miles de generaciones, estas maravillosas fichas han jugado entre nosotros el papel que les correspondía, contribuyendo a que esa pequeña chispa crezca y se expanda cada vez más lejos, cubriendo un círculo cada vez más amplio.

Así, se multiplican, crecen y reciben la fuerza para acercar el conocimiento de sus logros a quienes los suceden. En los primeros tiempos, cuando el desarrollo no cubría tan ampliamente nuestra raíz y fuente de vida, se utilizó un lenguaje que fuera propicio para los habitantes de aquel momento.

Pero a medida que el desarrollo continúa y el ser humano se vuelve más sofisticado consigo mismo y en relación a su entorno, aquellas palabras van perdiendo su verdadero significado o tienden a ser confundidas y mal interpretadas por los habitantes de los nuevos tiempos.

Sin embargo, dado que este proceso de causa y consecuencia no se detiene, vuelve a aparecer una de estas fichas y nuevamente se acerca al entendimiento y las necesidades generales para ayudar una vez más al desarrollo, que continúa aún después de su partida. Más adelante todo se renueva en un original aspecto de este juego.

Hoy, como ayer y en los días por venir, estos preciados participantes llegan y le agregan al proceso su valioso enriquecimiento con el consecutivo aumento de las posibilidades para nuestra época y para la continuación de dicho proceso.

Gracias a su indescriptible trabajo podemos decir que una gran luz nos cubre y guía sigilosamente. Se acercaron sin que los notáramos, se marcharon y nos regalan su gran legado. Ellos se sientan y trabajan para nosotros.

Nos piensan día y noche, buscando las palabras en sus amplios corazones para poder decirnos:

Tranquilo, aún hay mucho por recorrer, pero todo estará muy bien.

Ten paciencia, nadie te abandonará. No nos hemos olvidado, el Rey te espera, Él nunca se alejó.

Simplemente no estábamos preparados.

Sin embargo, la casa está llena, el amor cubre todas las habitaciones y eres el niño dorado de Papá.

Sé valiente una vez más y escucha a tu hermano.

¡Suerte! Ya llegas.

1 Circle HDG

Prefacio

En el vasto jardín de la vida, donde la curiosidad florece y la sabiduría brota como flores en primavera, dos niños murmuraban bajo el árbol de la Creación.

Uno era pequeño y sabio, mientras que el otro era mayor y lleno de curiosidad y asombro por todo cuanto allí había.

Sentados en el césped verde, rodeados de árboles majestuosos y pájaros cantores, el niño pequeño había tomado al mayor bajo su protección y cuidado.

Con una sonrisa amable, le dijo: —"Tengo una historia que contarte, una historia que ha perdurado a lo largo de la travesía de la humanidad, en su camino de regreso al jardín del Rey". —

El niño mayor miró con ojos iluminados y, sin más, preguntó: —"¿De qué trata la historia? Cuéntame hermano"—

Con una mirada reflexiva, el niño comenzó a tejer la narrativa describiendo cómo, hace miles de millones de años, la humanidad comenzó su viaje desde el mismo jardín de la vida, en el que ellos habían nacido.

—Todo —dijo el niño— tuvo inicio en el pensamiento del Rey. En Su compasión y amor por los seres creados, Él estableció todos los mundos y creó todas las maravillas descendiendo desde el mismo pensamiento hasta este jardín; más tarde, una vez el pensamiento había manifestado su gran deseo, Él mismo bajó y fue al encuentro del primer Hombre y su Mujer. Este caminaba por el jardín maravillado por todo cuanto había a su alrededor, pero sumido en su propio pensamiento, sin saber por qué, sentía que algo faltaba. —

Y así, prosiguió el niño:

Un majestuoso árbol conocido como el Árbol de la Creación se erguía singular en un vasto jardín donde *florecía la existencia.*

Las raíces del árbol continuaban hasta su fuente y aún más arriba se entrelazaban con la existencia en el mismo pensamiento del Rey. Mientras sus ramas se extendían hacia el vacío, atravesando muchos secretos por revelarse en el futuro, tocaba ese espacio vacío donde posteriormente crecería el universo, manifestando una imagen, una representación de lo que había dejado arriba, y a la vez preparando la revelación de todos los misterios de la vida, que serían alcanzados por el Hombre en el futuro.

Varias criaturas habitaban bajo la sombra protectora del árbol.

Los humanos, con sus cuerpos ágiles y sus agudos sentidos, vagaban bajo esa sombra, actuando como espectadores de aquel reino mágico.

En el corazón de todo ser humano yace un profundo anhelo e inquietud que le impulsa a buscar superando el límite de lo conocido, a conseguir más y a ir más allá del mundo que puede alcanzar en sus sentidos.

Aunque presenciaban maravillas y escuchaban armonías, sentían que les faltaba algo, algo crucial para una vida plena.

Una noche estrellada, cuando la luna y las estrellas brillaban intensamente, apareció una figura misteriosa a los pies del Árbol de la Creación. Era el Rey, El Creador de todas las cosas, vestido con el resplandor de mil soles y la serenidad de los cielos, que lo ocultaban de los sentidos del Hombre, y de entre el resplandor preguntó con dulzura: "¿Qué buscas, oh ser humano?"

El hombre se postró humildemente y pronunció: "Deseo poseer una mente y un corazón que comprendan Tu existencia y sientan Tu presencia".

El benévolo Creador sonrió, extendió Su mano y con un haz de Luz tocó la frente del hombre. Su mente se llenó de claridad en un instante, y la esencia del conocimiento y todo lo que él incluye se desplegaron en su corazón. Después, el Creador dijo: "Ahora, mira en tu corazón."

El corazón del hombre ardía de amor y gratitud, latiendo al unísono con el *pulso de la existencia*.

En ese momento, el hombre se elevó por encima de su propia naturaleza. La percepción de lo divino se le hizo evidente en cada acción, en cada pensamiento y con cada latido. La mente y el corazón del hombre se unificaron como Uno, en una realidad que solo pertenecía al Rey, se convirtieron en instrumentos capaces de trascender lo temporal y alcanzar lo eterno.

En un instante pareció que habían pasado miles de años, y la voz volvió de entre la luz. El Rey dijo:

—*"Ahora, ve, sigue tu camino y recorre todos los senderos que debas transitar". Aprende y conoce, porque un alma que no conoce a su Creador, no es buena"*—

El hombre cayó en un sueño profundo, como un sueño del que no quería despertar. Sin embargo, todo había comenzado porque el pensamiento del Creador es una LEY para todos los habitantes de cualquier realidad.

Desde entonces, cada ser humano lleva dentro de sí la semilla de la divinidad, la chispa del Creador que lo conduce hacia un propósito desconocido.

A medida que caminan por la vida, guiados por aquella memoria latente que despierta para cada uno en el momento indicado, y con la ayuda necesaria provista por el Rey, cada Hombre aprende a tejer los hilos de su existencia en armonía con la Creación.

Así, el *Árbol de la Creación crece y **alimenta las almas** de aquellos que **buscan** la **verdad** y la conexión con el* REY.

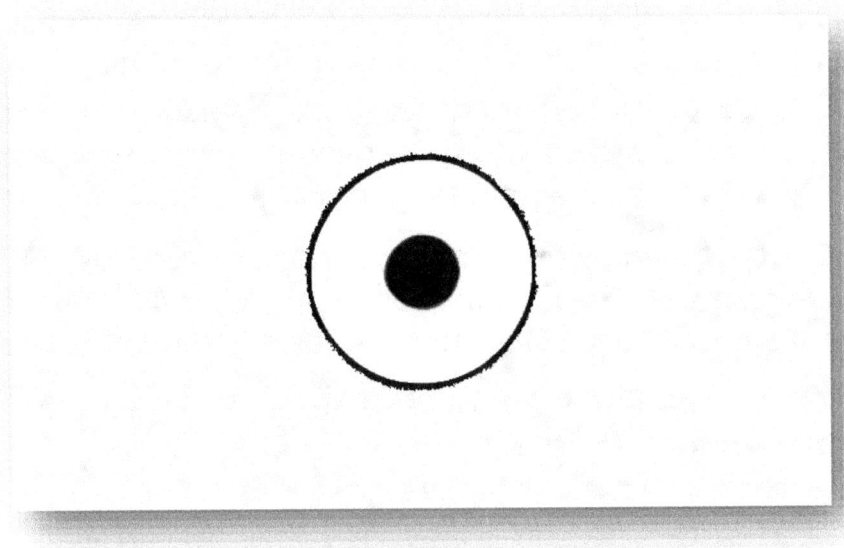

1_ Un Buen LUGAR

Antes de todo comienzo, una luz pura y superior brillaba con **esplendor infinito, llenándolo todo.**

Se dice que esta luz maravillosa **es el principio y el fin** de este proceso que abarca todo el **pensamiento de la creación.**

Este incluye todo lo que hubo **y todo** lo que habrá, **desciende** de arriba hacia abajo completando la creación **y, posteriormente,** ha de ascender de abajo **hacia arriba** por el mismo camino que descendió, **hasta que** finalmente todo será revelado, conocido, explorado, observado y comprendido, **marcando el**

final de un viaje extraordinario y **el comienzo** para la vida del Hombre.

En ese comienzo atemporal, no había límites ni fronteras y todas las cosas convergían en armoniosa unidad con **la Luz Infinita**. "**Ein Sof**" es su nombre.

En su Unidad y perfección, **la simple luz y la vida son idénticas**; no hay superior o inferior, interno o externo, arriba o abajo, porque todo es UNO.

En un acto de intangible sabiduría divina, esta **Luz Suprema** anhelaba expandirse y otorgar generosamente a todas las almas.

Por esta razón, **se restringió a sí misma** en el **punto medio.**

La luz se retiró hacia los lados, formando un espléndido halo **alrededor del punto central.**

Esta restricción dio forma estratégica a **UN LUGAR,** una matriz, un espacio vacante, **un vacío.**

El espacio se extendió y **fue descendiendo**, creando niveles, límites, mundos y leyes.

Esto era necesario para que las **Emanaciones, Creaciones, Formaciones y Acciones** existieran y evolucionaran **hasta formar una criatura** capaz de revelar todo lo que debía ser revelado.

Una única y **delgada línea de luz descendió desde lo más alto,** conectando la **Luz Infinita** con la propia creación, **el punto central.**

A través de esta **conexión sagrada**, la Luz Suprema creó y moldeó todos los mundos, desplegando la perfección de Sus obras, Sus nombres y Sus atributos.

En un tiempo anterior al conocimiento de **los mundos,** la única existencia era la **Luz Simple,** también conocida como **la Luz Sin Fin.**

Esta Luz era indivisible y estaba envuelta en una unidad maravillosa y oculta.

Aunque estaba íntimamente unida, ninguna fuerza o logro podía compararse, tocar o asir esta Luz

porque no tenía límites, nombre o lugar designado.

Esta extraordinaria historia cuenta cómo la Luz Simple, la Luz Infinita, dio origen al universo, creando mundos y todo lo que hay en ellos: desde objetos inanimados hasta plantas y animales y, en última instancia, seres humanos.

A través de esta **creación,** los **seres humanos** podrían llegar a **conocerlo a Él.**

Su maravillosa plenitud sigue siendo **insondable e inaccesible.**

Incluso **después de ocultarse,** continuó abarcándolo, rodeándolo y protegiéndolo todo.

A pesar *de la separación* de

Él y Su Nombre,

siguen siendo *Uno.*

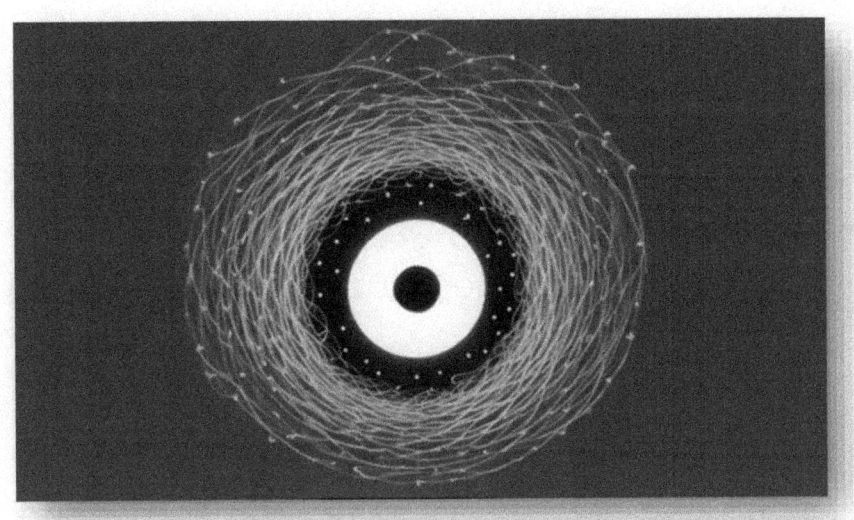

2_ Un Deseo

En la vasta extensión justo **antes del tiempo**, surgió un recipiente que contenía las almas.

El Rey, en su suprema y maravillosa sabiduría,

diseñó un **plan para reunir lo que habría de separarse**, como un gran artista que **da vida** a su obra maestra.

Así, en un acto de amor, con el **único DESEO de beneficiar** al Hombre, **creó** dos sistemas opuestos, entrelazados entre sí, una perfecta dualidad cósmica que desviaría al Hombre para que pudiera, **más adelante**, retomar el buen camino y por cuenta propia llegar a DESEAR **volver a unirse con Él.**

En Su infinita Bondad Tomó el **ALMA** y construyó **cuatro mundos, cuatro grados** de Santidad que irradian la pureza de la **luz de Vida.**

Esta se encuentra allí, donde la perfección y la singularidad de **Su Gran Nombre** moran **eternamente.**

En oposición a estos, tomó el DESEO DE RECIBIR IMPRESO EN LAS ALMAS y **creó cuatro mundos de impureza,** cuatro grados de **ocultamiento,** los cuales estarían sumidos en la sombra de la ignorancia, la **ocultación, la separación,** el lugar de la **MUERTE** y la renovación de las formas.

El sistema de la **Santidad contiene la gota de vida,** que infunde en los inferiores el **anhelo de dar** para elevarse por encima del yo individual, eliminando el egoísmo para **buscar adquirir la cualidad del Rey.**

Por el contrario, **el sistema de la impureza** contiene todas las **cáscaras** que surgen como consecuencia de la **restricción y el ocultamiento** que desvían al Hombre del camino correcto, manteniéndolo bajo el yugo de **su propia naturaleza,** el **deseo de recibir.**

En consecuencia, **la oposición de forma que yace en el deseo de recibir** condujo a la **separación** de las almas y a la consiguiente **ocultación** del **Creador**.

Como resultado, surgió la separación y los seres perdieron la **conexión** con su fuente **de vida** y con todos los mundos sagrados.

Por lo tanto, **la oscuridad de la ignorancia los envolvió**, alejándolos del camino hacia la verdadera realización: **la vida del grado del hombre**.

El proceso de desarrollo **lento y gradual** estaba **a punto de comenzar**.

—*Pero*—, *interrumpió el niño mayor,* —*¿no quería el Rey beneficiar al Hombre?* —

—*Aguarda*—, *replicó su pequeño hermano,* —*recuerda que nada puede ser entendido en medio del proceso.*

La sabiduría y el amor del Rey no siempre pueden ser apreciados a primera vista. Continuemos y aprenderemos juntos. —

—*Sin embargo*—, *continuó el niño pequeño,*

esta aparente contradicción encierra una lección de profundo significado. ¿Cómo puede existir luz sin oscuridad, o pureza sin el potencial de purificación de lo impuro?

Cada alma, como una estrella en la noche, está **destinada a brillar con luz propia.**

Las sombras de la **impureza** representan una **oportunidad para la corrección** y el retorno a la morada divina.

El camino hacia la unidad se revela igual que la noche precede al amanecer. La **memoria** ancestral de nuestro origen divino **yace en el corazón** de cada alma, esperando a **ser despertada.**

Debemos recordar que la separación no es eterna, sino una llamada a la Unificación.

El alma resistente y serena se forja en el crisol de la dualidad. La **oscuridad** revela la importancia de la **luz**, y la **impureza** nos enseña a valorar la **pureza**.

Debemos aprender a **abrazar ambas facetas**, reconociendo su esencialidad en el camino hacia la elevación, donde lo impuro se purifica en **la llama de la verdad.**

El proceso de corrección comienza con el **reconocimiento de nuestra conexión con la fuente de la vida**, *incluso cuando no la sentimos.*

—Pero eso sería muy difícil—, volvió a interrumpir el niño mayor.

—Tienes razón—, dijo el pequeño, —por eso el camino será largo y solo el **Hombre** puede alcanzarlo. —

En el viaje hacia la vida, reconocemos que siempre estuvimos conectados al Rey, a la santidad de Su Nombre y **nunca estuvimos separados.**

La unión que hemos anhelado siempre estuvo latente en nosotros, **esperando el despertar de aquella memoria** implantada **por el REY** en **nuestro corazón.**

Tomamos conciencia del **propósito superior** que nos **conduce hacia la unidad.**

Al hacerlo, descubriremos la inmensa belleza que hay en nuestro interior y lo inconmensurable que es la creación, que se corresponde con **Su DESEO de Hacer bien** a los seres creados.

Así, "el HOMBRE" avanzará con determinación y valentía, superando las *aparentes barreras.*

Será reconciliado con el **MUNDO ENTERO** y con todo lo que lo rodea llevándolo hacia la plenitud y permitiéndonos volver a ser **Uno con el Rey.**

—Y cómo alcanza tal deseo—, preguntó el niño, —

—Una vez más tienes razón —dijo el pequeño—, pero El Rey en su Eterna sabiduría, también lo asistirá en eso, Él ha preparado el despertar.

Sin embargo, lo veremos más adelante, es muy temprano aún. —

3_ El Suspiro Inicial

En el vasto lienzo **entre el infinito y el tiempo**, el alma encuentra el pulso inicial que le marca su viaje hasta **volver a unirse con el Rey**. Según el plan de la creación, el camino hacia la plenitud tiene tres estados:

El **Primer Estado** la sitúa en presencia de **La Luz Simple**, en Ein Sof, en el pensamiento mismo de la creación.

Allí, el alma tiene **la forma futura** del fin de la corrección, una perfección que **espera** ser revelada.

El **Segundo Estado** abarca toda la historia que **estamos recordando**, se desarrolla **durante seis mil** etapas y está dividido por los **dos sistemas que el Rey ha establecido: el de pureza y el de impureza.**

En este estado encontramos un **cuerpo**, llamado **deseo de recibir**, y un **alma** o cualidad de **otorgamiento**, que es la equivalencia de forma con el Rey.

Durante este periodo se les confía el **trabajo** de aprender las leyes y ordenanzas establecidas por el Rey, para que puedan extraer **la luz** de vida con el propósito de **transformar la voluntad de recibir en un deseo de otorgar**, completamente dedicado a satisfacer al Rey y sin interés propio.

En esta primera etapa, llamada la **Corrección de la Creación**, deben ADQUIRIR la cualidad del ALMA.

Esto significa que las correcciones se centran en las almas, que deben deshacerse de toda la ilusión de autoengaño, representado por **el cuerpo**, y mantener solo el deseo de otorgar, *que es la verdadera forma del alma.*

*—Pero... —interrumpió una vez más el niño mayor—, no había otra forma, es decir, ¿por qué? ¿Y? ...Bueno —prosiguió después de escucharse a sí mismo—. **Comienzo a entender** que nada puede ser entendido a mitad de camino. Solo si fuéramos*

como el mismo Rey, podríamos ver que todo siempre ha sido bueno y parte de Su deseo de Hacer Bien a Sus seres creados.

—Correcto —dijo el niño pequeño **con gran alegría**—. Justamente eso ocurrirá con las correcciones. Todo se aclarará a su debido tiempo.

Y continuó...

El **Tercer Estado** se manifiesta en la culminación de la corrección, después de que **todos los deseos sean clasificados** y el individuo sea capaz de realizar acciones en contra de su propia naturaleza por la sola grandeza e importancia del Rey.

En ese momento las **correcciones también incluirán los cuerpos**, ya que la forma de recepción para sí mismo, que es inherente al cuerpo, retornará a la forma de *puro otorgamiento.*

Se volverán dignos de **recibir el deleite y placer** que habían sido preparados para ellos en el pensamiento de la creación.

En este estado final, alcanzarán una profunda **unión con su Creador** al tener equivalencia de forma con Él.

No recibirán todas las bendiciones por su deseo de recibir, **sino por su deseo de otorgar** satisfacción al

Rey. De esta comunión de deseos surgirá una fuerte adhesión.

Así, los tres estados, integrados como uno solo, conducirán al alma a su destino final. Desde la presencia en Ein Sof, pasando por la laboriosa corrección en los seis mil años y culminando en la plenitud tras el **final de la corrección**, cada etapa es esencial en el despertar a una nueva forma de vida. Y este es el grado del **Hombre, el grado de Adán.**

En este viaje, el alma encuentra desafíos y tareas que debe abordar **según la sabiduría del corazón**, con determinación y elevándose una y otra vez por **encima de la razón del grado animado.**

La búsqueda de la corrección, la purificación de la voluntad de recibir y el camino hacia el otorgamiento puro, son el camino hacia la verdadera realización.

Que el **recuerdo** de estos tres estados inspire a cada alma a abrazar la **GRANDEZA** de su propósito y a avanzar con pasión y perseverancia hacia su *unión con el Rey.*

En **cada momento** de nuestra existencia, recordemos que formamos parte de un tejido único, con *un propósito* muy especial, que nos guía hacia la eternidad.

Avanza con fuerza y convicción en este viaje de **preparación**, autodescubrimiento y corrección, hacia la **unión eterna con la fuente de toda vida,**

¡Con la Vida de **Vidas**!

4_ Un Camino

En los recovecos del **pensamiento de la creación** se tejió un vasto tapiz de existencia, este se expandió, continuó y todo se completó **en un solo momento**, *como una rueda dentada perfecta e interconectada*.

En ese momento eterno, la **perfección nunca dejó de existir,** y la ilusión de separación, impureza y todo el proceso que se desarrollará ante nuestros ojos, **nunca ocurrió.**

Sin embargo, en **preparación para el desarrollo** que los seres creados deben atravesar, los mundos descendieron en **cascada** hasta la realidad de este mundo físico; un lugar donde hay **un cuerpo y hay un alma,** donde el tiempo se desenvuelve y entrelaza en el **segundo estado**, donde coexisten un **tiempo de corrupción y un tiempo de corrección**. El **cuerpo** tomó la forma del **deseo** impreso en el alma, que representa la voluntad de recibir para uno mismo.

Este fue **creado** por la Voluntad del Rey y se desarrolló desde su raíz en el pensamiento de la creación *a través del sistema de los cuatro mundos de impureza*, donde **quedó sujeto** a la autoridad de ese **sistema** durante un tiempo determinado.

Sin embargo, en su esencia más simple, el cuerpo anhela revelar la Creación y, en este anhelo, los seres inferiores comienzan a **trabajar para transformar el deseo de recibir en un deseo de dar, un deseo de satisfacer a su Creador**.

Así, el **alma comienza su proceso de purificación**, transformando lentamente y de manera gradual la voluntad de recibir en un **deseo de otorgar**.

Desde su raíz en el pensamiento de la creación, el alma santa **atraviesa el sistema de los mundos y finalmente se reviste** en el cuerpo.

Este es el **tiempo de la corrección**, el tiempo en que **el alma acumula grados de santidad**, ascendiendo cada vez más hacia el Pensamiento de la Creación en el

Infinito, hasta que logra transformar la *voluntad de recibir, purificándola completamente para que solo tenga como propósito dar satisfacción a su Creador*, sin buscar ningún beneficio propio.

En esta búsqueda, el **alma alcanza** la plenitud de su existencia al lograr la *equivalencia de forma con el Rey.*

Recibir con el propósito de otorgar se considera el acto puro de **otorgamiento para los seres creados.**

En este camino de corrección, **la ilusión de separación se desvanece**, la **impureza** se transforma en **pureza,** lo **amargo** se convierte en **dulce**, la **noche** trae la luz del **día** y el alma encuentra su verdadero **destino.**

Aprendemos que **nunca** estuvimos **separados del Creador** ni de toda la perfección original que se manifestó en el primer estado.

Cada momento es una oportunidad para acercarnos a nuestra esencia más elevada y experimentar la *grandeza del otorgamiento incondicional.*

Así avanzarán con determinación y sabiduría, abrazando el *camino hacia la corrección.*

En la unión con el Rey, hallan la plenitud, la alegría y el placer que se encontraba **en el pensamiento de la creación.**

La búsqueda de **la corrección** se convierte en el único faro a seguir, y la sabiduría **del corazón** es quien guía.

La perfección siempre ha estado ahí, esperando a ser descubierta por cada alma.

Ahora comienza a moverse hacia **la corrección**, hacia la **unidad con el Creador**, y así encuentra la plenitud de la fuerza vital **oculta** en el mismo **proceso de desarrollo gradual** que han experimentado.

Con esto, no te preguntes ni te sorprendas por las **deficiencias del deseo en su estado presente**, porque **Él sabe**, conoce todos los misterios, y debe ser precisamente que es **desde este estado tan bajo** que puedes ascender al más alto nivel de existencia, ¡*al Creador!*

Adelante, ve y triunfa.

5_ Senderos

Hace muchos soles atrás **existía** un lugar en el que se sembró la semilla de la realidad, esta contenía **tres estados** interconectados, tres estados que se complementaban y coexistían **como Uno**.

Dando la esencia a la semilla y su resultado final.

Así, aunque **parecían** negarse entre sí, cada uno necesitaba de los otros para cumplir su parte y, finalmente, alcanzar la plenitud y la realización de **Su unión**.

En este lugar, todo estaba en armonía, y cada estado desempeñaba un papel vital para el desarrollo y la manifestación de los demás.

El primer estado, conocido como **La Luz Sin Fin**, era el estado primordial de perfección y plenitud, donde todo existía en su forma completa y eterna, *así como estaba preparado para revelarse en el tercer Estado.*

En este estado, la esencia de cada ser se encontraba en **unidad con el Operador,** el Creador de todo lo existente.

Todo era perfecto y loable en la Luz Sin Fin, ya que las operaciones del **Rey son perfectas** y llevan a cabo Su plan divino.

Sin embargo, en el desarrollo, y **con el propósito de beneficiar a Sus seres creados,** existía un segundo estado, al cual ya habían **descendido.**

En este estado los seres **creados** se encontraban **separados** del estado original.

Habían adoptado una voluntad de recibir solo para sí mismos, olvidando **su conexión con el Operador,** Se volvieron **corruptos y despreciables**, *alejándose de su verdadera raíz, el Rey.*

Como consecuencia de su *desarrollo en este estado de separación,* y debido a que por la misma naturaleza de su deseo **no pueden vivir sin placer,** han sido llevados por un camino lento de crecimiento gradual, donde a cada uno le corresponde completar una determinada **medida de dolor, sufrimiento y confusión**, cada vez que deben abandonar el estado presente *para continuar* con el camino.

A pesar de esta separación y la caída en el segundo estado, siempre ha habido un **SENDERO** de esperanza, un **orden establecido y un final garantizado**

Dado que el **tercer estado ha estado presente en el primero**, esperando ser alcanzado y completado.

Aquí, los **seres volverán a su conexión con el Rey** y se convertirán en seres plenos y eternos.

Pero para llegar a completar su ascenso, deberán pasar por una fase de **aprendizaje y corrección,** mientras aún se encontraban con **vida** en aquel mundo imaginario; de lo contrario, el segundo estado **no comenzará para ellos.**

El **cuerpo** destinado para los seres **en el segundo estado** *no es su verdadero cuerpo;* sino solo una **cáscara temporal destinada a pudrirse en la tierra** y comenzar su **CAMINO** de *corrección.*

Aunque este **cuerpo** parece corrupto y repugnante, es esencial para el proceso de transformación.

Solo a través de esta fase de **corrección** podrán adquirir su forma eterna y verdadera, *en la cual se asemejarán* al **REY** por su propia voluntad.

A pesar de las dificultades y las **apariencias engañosas**, ya estaban en CAMINO hacia la plenitud y la perfección porque, **inclusive en el segundo estado**, ya estaban destinados a alcanzar **su estado final**, el cual ha estado presente tanto en el primer como en el tercer estado.

El Operador perfecto los había creado así, con un propósito y un plan divino que los llevará de vuelta a *su raíz, a su adhesión* en Ein Sof.

Así, en esta alegoría aprendemos que, en nuestra búsqueda, debemos aceptar cada estado por el papel que desempeña en nuestro crecimiento.

No debemos **ejercer resistencia ni entrar en lamentos** por causa de nuestras imperfecciones, sino más bien **reconocerlas** como pasos necesarios en nuestro CAMINO hacia la totalidad.

Al comprender que **cada estado es esencial en nuestra evolución**, podemos encontrar paz y confianza por estar en el SENDERO correcto hacia la realización de nuestro ser más elevado, tal

como lo diseñó

*el sabio **Operador**.*

6_ Primer Viento

Había una vez un reino gobernado por un sabio y benevolente **REY**, cuya **naturaleza** era **el otorgamiento. En Su Bondad solo podía Hacer** el Bien.

El REY deseaba que las criaturas experimentaran la **plenitud y la felicidad.**

En **Su Perfección**: el principio y el Final eran como **Uno**; *pero* para que LOS SERES CREADOS alcanzaran ese estado debían atravesar un proceso de **aprendizaje y transformación,** dado que, sin una necesidad

VERDADERA, no podrían disfrutar nada de lo que Él había preparado en el pensamiento de la creación.

En el primer estado, todas las criaturas existían en completa eternidad, **conectadas** tanto con el **Rey** como con el **futuro tercer estado**, donde, ellas, encontrarían Su plenitud.

Sin embargo, para llegar a ese anhelado final, aún debían atravesar un gran proceso de desarrollo y, en el momento establecido, elegir el camino de la sabiduría y la comprensión.

Con tal propósito, el *Rey había creado dos caminos*: dos senderos por los cuales transitarían **hacia la meta final.**

Uno era el camino de **la luz**, y el **otro** el camino del **sufrimiento.**

En un **desarrollo lento y gradual es el sufrimiento** lo que, en última instancia, les mostraría las **consecuencias** de la voluntad egoísta **de recibir.**

Aunque, **inicialmente, la recepción para sí mismo sería el combustible** que palpitaría en sus **corazones** para impulsarlos en sus primeros pasos.

Dos cuerdas, placer y dolor, serían suficientes para permitirles sentir libertad e independencia detrás del ocultamiento.

EL REY, en su sabiduría, creó un caparazón, una cáscara, un cuerpo temporal destinado a perecer y ser enterrado.

Este **cuerpo** representaba la **voluntad de recibir**, una característica que todos deberían superar para *alcanzar su verdadera naturaleza: la de otorgamiento* y amor hacia los **demás.**

El **sufrimiento** que experimentaban era una **manifestación de la separación con el Rey.**

Sin embargo, debido a la voluntad egoísta que existía en cada uno de ellos, el ocultamiento y la restricción sobre su deseo, los mantendrá ajenos a las acciones que **el REY ya había preparado** para ellos.

La agonía experimentada a lo largo de sus días, serviría como un *llamado para reflexionar sobre su verdadera esencia* y, eventualmente, *cambiar su enfoque hacia el otorgamiento y el amor desinteresado*, agregando, con esta actitud, la intención de otorgar, opuesta al deseo impreso en su naturaleza.

El Rey anhelaba que todos los seres erradicaran la voluntad de recibir para sí mismos y se convirtieran en seres *que solo deseaban otorgar a los demás.* Así tendrían un PUNTO en común con el REY y podrían **sentir su existencia.**

Cuando **esto sucediera**, todo el mundo estaría lleno de **amor y cuidado mutuo**, y las preocupaciones y **sufrimientos desaparecerían**, porque cada ser sería parte de un mismo cuerpo, órganos integrantes de un maravilloso engranaje, dispuesta a *satisfacer las necesidades de los demás.*

*El ingrediente que los unifica es llamado AMOR, es decir **Su deseo de Hacer Bien.***

Sin embargo, **mientras en cada individuo del reino prevaleciera la voluntad egoísta**, el **sufrimiento y las dificultades persistirían**, ya que este **deseo de recibir** era la *fuente de todas las guerras, conflictos y dolencias.*

Pero el **REY, en su infinita misericordia**, permitía que estas pruebas fueran **reveladas** para incitar a la reflexión y al cambio, todo **esto según la medida de necesidad.**

El camino del sufrimiento, aunque duro y prolongado, **poco a poco ayudaría** a los habitantes del reino a realizar el cambio deseado. Hasta que adquirieran más conocimiento, mucha sabiduría y recibieran la fuerza de la libre elección, que les permitiría virar hacia el **camino de la LUZ.**

DE ESTE MODO, *al reconocer el sufrimiento* como una BUENA lección y como una guía para revocar la voluntad egoísta y **asumir el deseo de otorgar,** los seres podrían encontrar, **a través de la luz**, el camino hacia la plenitud y la realización.

En este mundo se enseñaba que había **mandamientos entre los seres**; el acto de otorgar y amar al prójimo era fundamental y esencial en el camino *hacia el REY mismo*.

Solo a través del otorgamiento y la bondad hacia los demás podrían **acercarse al Rey y experimentar su amor** infinito.

Al mirar **más allá de SU propia satisfacción** y comprender la importancia de dar y amar a los demás, podrían encontrar **la clave** para *superar el sufrimiento* y alcanzar **la** *plenitud que el sabio rey anheló para toda Su creación.*

—*Entonces, dijo el niño mayor, ¿dónde están las leyes y ordenanzas que deben aprender y cumplir para realizar la deseada corrección?*

—*Bueno, **dijo el pequeño sabio**, aún no hay un hombre para brindarle esa asistencia. Porque no puede haber Luz sin una necesidad previa.*

*Eso llegará mucho más adelante, **recién estamos por comenzar** —*

*Resaltó el **pequeño sabio**.*

7_ Una Gran Explosión

Había una vez un inmenso **lienzo en blanco** y, de repente, **UN PEQUEÑO PUNTO NEGRO** apareció en **su centro**, impulsado por una *misteriosa pero maravillosa fuerza*, que lo impulsaría a desarrollar la sorprendente obra que latía en aquel pequeño punto.

Una **nueva** *expresión de* vida *estaba* *por* **comenzar.** En su centro, como un **minúsculo punto** de energía, palpitaba el *corazón primordial de todas las cosas.*

En un instante, ese **punto estalló** en una deslumbrante explosión de creatividad, **dando a luz** una sinfonía de colores y *formas.*

En los albores de esta *gran explosión*, la temperatura era tan **ardiente** como el **fuego** más intenso.

Sin embargo, con el paso del tiempo, **el calor se fue apaciguando** y las primeras partículas elementales **encontraron su lugar** en este vasto universo.

Desde aquel momento, este Universo **aparentemente inanimado**, que **nació** a partir de un estado denso, ardiente e impelido por una fuerza desenfrenada, se *extendió y expandió* en todas las direcciones.

En su **Expansión, grandes estrellas** tomaron el escenario, alumbrando con su brillante resplandor.

Su danza **creó** melodías cósmicas que resonaron por todo el universo.

A medida que consumían su propia energía, dieron a luz a nuevos elementos, **regalando la diversidad** química a toda la creación.

En el transcurso de eones, **mientras se alejaba del centro** y disminuía su velocidad, la *materia* se agrupaba formando galaxias, como las *semillas de un nuevo amanecer.*

El Universo seguía creciendo, desplegándose en su vasta dimensión y dando origen a millones de estas galaxias.

Como una semilla en la tierra fértil, **nuestro propio Sol despertó**, lanzando **su luz** y calor en todas direcciones.

Con él, llegaron los planetas, entre ellos nuestro querido hogar, la **Tierra**, cuya superficie ardía como *un pequeño faro en la inmensidad de la nada*.

Su superficie ardiente **se enfrió poco a poco** y, en algunos años **por venir**, permitiría que los océanos tomaran su lugar y **llenaran el mundo de vida**.

Sin embargo, las primeras lluvias eran efímeras, desvaneciéndose al tocar las rocas incandescentes que cubrían la tierra.

Una atmósfera densa y tóxica emergió, **impidiendo la posibilidad de la vida**.

En esas aguas ancestrales, **las moléculas empezaron a tejer la historia de la vida**, una epopeya microscópica que llevaría *millones de años*.

Pequeños organismos surgieron y en su **sencilla complejidad** "encontraron" la fuerza para **evolucionar**.

En ese antiguo ambiente cálido y húmedo, *el milagro de la vida comenzó a dar sus primeros pasos.*

Complejas moléculas **se unieron** en un baile cósmico, **forjando el principio de la vida en la Tierra.**

El nivel **inanimado de la existencia estaba completo,** y **un nuevo amanecer** se vislumbraba en el horizonte.

Pero el viaje no había terminado. **La vida apenas había comenzado** a escribir sus primeras líneas *en el libro* de la historia.

Aún quedaban capítulos por explorar, *secretos por desentrañar y maravillas por descubrir.*

El Universo **observaba con paciencia,** mientras el desarrollo continuaba llenando cada momento con **esperanza y misterio.**

El **tiempo pasó,** como un río eterno, **tallando los paisajes** de la **Tierra** y dando forma a las *criaturas que la habitaban.*

Algunas desaparecieron, mientras **otras prosperaron** y se *expandieron por todos los rincones del planeta.*

En ese vasto escenario, la **multiplicidad de vida era maravillosa,** *todas las formas* y todos los colores posibles; en el **agua, en la tierra y en el aire**, la *vida cobraba un espacio* para desplegar *sus formas.*

Sin embargo, **entre aquellos animales** había una evolución particular que *parecía favorecer a una de las especies.* **Estos aprendieron** a valerse del fuego, a crear herramientas, a comunicarse y comenzar a soñar, **como pequeños creadores** de su *propio destino.*

Con el tiempo, esta se convirtió en la **única especie humana** sobre la **Tierra.**

Su imaginación les permitió crecer **hasta alejarse a un nuevo nivel** muy *por encima* de las demás criaturas que habitaban en aquel mundo.

Exploró, descubrió y pobló cada rincón del mundo, mostrando su *adaptabilidad* y perseverancia.

Así, la gran obra del universo **continuó** con **cada generación** añadiendo un *nuevo trazo a la historia* de la humanidad.

Y en cada rincón, **en cada ser humano**, se albergaba un **pequeño fragmento** del corazón primordial que había dado origen a todo; **una chispa** creativa que se ha perpetuado a lo largo del tiempo, **recordando** a todos que son parte de la misma, maravillosa y eterna **obra de arte**, que nos *insinúa la indescriptible* perfección de la creación y la naturaleza benevolente **de Su Operador.**

—*"Increíble",* dijo el niño mayor, todo lo que **EL REY** se ha molestado en hacer para **el Hombre,**

Pero, ¿para qué necesitaría todo eso, cuánto tendrá que caminar para ni siquiera descubrir una pequeña parte de este mundo? ¿Mucho más aún: cómo llegaría a necesitar los mundos superiores?"? —

—Muy bien, veo que estás prestando atención, dijo el niño pequeño. *Repasemos juntos. Continuemos y **poco a poco** tendrás tus propias respuestas."—

8_ Una Casa Provisoria

Había una vez un **pequeño universo**, un microcosmos en el vasto universo, conocido como el *"Planeta Imaginación"*.

Al principio, este planeta no era más que una **nebulosa de ideas y sueños** flotando en el espacio, *sin forma ni estructura*.

Sin embargo, con el **paso del tiempo,** la gravedad del pensamiento comenzó **a concentrar** esas ideas y sueños, reuniéndolos en un **círculo** cerrado de creatividad.

La nebulosa comenzó a transformarse en una **esfera líquida** de pasión ardiente.

En **el interior de este mundo**, dos fuerzas opuestas chocaban: la fuerza **positiva** de la aspiración a la vida y la **negativa** de los obstáculos y la resistencia.

Estas fuerzas **libraban terribles guerras** en el interior del planeta, en un ciclo *interminable de creación y destrucción*.

En cada **batalla triunfaban** la perseverancia y la fuerza refrescante de la paciencia, **sobre la ardiente pasión**, creando una **fina corteza** alrededor del Planeta *Imaginación*.

Pero la paz nunca duraba demasiado, pues la fuerza **líquida de la pasión volvía a imponerse y rompía la corteza**, sumiendo al planeta en un torbellino de nuevas ideas y creaciones.

Así se sucedieron los eones, **y con cada ciclo**, la *corteza se volvía más fuerte y resistente*.

El **Planeta Imaginación aprendió de sus guerras internas** y se volvió más sabio en su proceso de **crecimiento**.

Finalmente, la fuerza del pensamiento y la contemplación prevalecieron sobre las fuerzas opuestas, y *la armonía se instaló en el interior del planeta*.

Con esta nueva estabilidad, el Planeta **Imaginación** se **convirtió en un lugar fértil para la vida** creativa.

Cada idea y cada sueño se desarrollaban gradualmente, pasando por **cientos de fases** de análisis, *transformación y maduración.*

De una pequeña chispa, crecían seres maravillosos. Sin embargo, en este mundo imaginario, existía **algo especial** que lo distinguía de cualquier otro lugar: *la interconexión de sus habitantes.*

La perfección de uno dependía del desarrollo de todos. Las mentes se nutrían entre sí, *compartiendo conocimientos y enriqueciendo* las ideas.

La sociedad creativa trabajaba como un organismo colectivo, elevando la imaginación a nuevas alturas.

Así, en el Planeta Imaginación, **cada día era un nuevo ciclo de creación,** donde las **fuerzas internas luchaban y** *cooperaban,* moldeando un mundo lleno de maravillas.

Un **lugar** donde la imaginación nunca se agotaba, y donde el *poder del pensamiento se manifestaba en todo su esplendor.*

En este cosmos de ideas y sueños, el Planeta Imaginación se convirtió en una inspiración para otros mundos, demostrando que *la unión del conocimiento y la creatividad puede llevar a alcanzar su máxima expresión y encontrar la armonía* en el universo infinito de la realización.

A diferencia de **OTRAS** criaturas, *el DESARROLLO HUMANO* **no se detenía** en la madurez.

— *Si entiendo* — *interrumpió el* **niño mayor** —, *eso último es muy hermoso, pero la explicación no se queda, no se asienta como para actuar en correspondencia, todo se cierra y cada grado debe actuar y comportarse según su nivel.* —

— *Sí* — *respondió rápidamente el niño pequeño* —, *así vemos en los pequeños, sus padres les hablan, les hacen cuentos, los introducen a la familia, a los hermanos y ellos parecen no comprender, no responden, sin embargo, poco a poco comienzan a impregnarse de cuanto hay a su alrededor. Finalmente, luego de muchas impresiones, comienzan a participar cada vez más activamente y ellos mismos maduran para convertirse en niños listos e inteligentes, y en unos pocos estados más, estarán listos para agregar por sí mismos.* —

— *Sigamos juntos,* **aún es muy temprano**. —

9_ Inanimado, Vegetativo, Animado

En este lejano mundo, tiempo **antes** de que el hombre existiera, **la vida se desarrollaba** en una espléndida danza cósmica.

En este maravilloso escenario, **EL REY**, con su astucia, **preparaba** meticulosamente **cada detalle para recibir al hombre**, aunque este aún estaba lejos de entrar en escena, *mucho menos de saber lo que le esperaba*.

Hubo una interminable lucha entre fuerzas opuestas. El calor y el fuego dominaron durante mucho tiempo y en el aire aparentemente vacío, la condensación de gases finalmente comenzó a expresar la vida.

En un lugar donde aparentemente todo era inanimado, apareció el agua y con ella un nuevo círculo de vida.

Todo comenzó con el florecimiento de las plantas, que **dieron vida** a pequeños seres, poblando los primeros bosques terrestres.

Bajo esa alfombra verde **emergieron criaturas nuevas** y asombrosas que, con gran paciencia, llenarían **el mundo** de maravillas.

Las aguas, ya acumuladas, formarían océanos y en las superficies soleadas, a corta distancia de la superficie, la maravilla del **REY** tejía una insuperable manifestación de superación y esfuerzos necesarios en cada nivel para completar la magia de la Vida.

En los **océanos**, tiburones y peces con aletas lobuladas y pulmones dominaban, hasta que un **valiente pez decidió** reptar fuera del agua, *convirtiéndose* en el primer anfibio.

El clima cálido permitió la multiplicación de especies, pero la danza cósmica trajo **un cambio,** el clima se enfrió *llevándose consigo a muchas criaturas.*

La evolución continuó y los reptiles se establecieron en tierra firme mientras **Pangea, aún unida como una gota que reensambla los niveles por los cuales desciende,** empezaba a mostrar **señales de separación** *entre los continentes.*

Los dinosaurios **reinaron majestuosamente durante muchas lunas,** pero la danza cósmica seguía su curso, y con su **desaparición,** surgieron los mamíferos y las aves primitivas.

La vida floreció en toda su diversidad y la evolución avanzó a un ritmo impresionante.

Mamuts y otros mamíferos se adaptaron a los climas helados, y **nuevas criaturas emergieron** *conquistando* diferentes hábitats.

El escenario estaba **vibrante,** colmado de vida en todo su esplendor, **pero** la danza cósmica *aún no había llegado a su fin.*

La fuerza **de vida seguía impulsando la creación,** generando cambios y *nuevas maravillas.*

En este **enigmático** reino, la evolución persiste, siempre lista para **sorprender con su** capacidad de generar *vida y diversidad.*

La historia cósmica continúa siendo **ESCRITA** en cada paso de esta eterna danza, donde **cada criatura**, desde el más pequeño insecto hasta el ser humano, tiene **su lugar y papel** en el mágico teatro de la vida.

— Hasta aquí está muy claro que todo sigue la voluntad del Rey, **dijo el niño mayor.**

Pero, ¿Cómo sería que el Hombre, que nace como un animal, se alejara de este entendimiento? —

—Recordemos la astucia del Rey, **dijo el niño pequeño**. El Rey había preparado todo para la llegada del hombre, cada pequeño detalle. Sin embargo, incluso cada paso que el hombre daría en la tierra también pertenece a la voluntad del Rey, y nosotros somos los privilegiados espectadores del plan incluido en el pensamiento de la creación. —

El pequeño hace una pausa y toma aire, como si no quisiera agregar nada más a lo dicho.

— Además, pareció animarse, —debido al **rompimiento que ocurrió en los mundos superiores**, el deseo de recibir cayó en el dominio de **las cáscaras**, con lo cual *dos discernimientos se hicieron en el deseo*.

El primero, es que se desarrollaría una relación con respecto a los **placeres de la separación**. La **sensación de vida** ahora le llega de los miembros de **su grupo, además se nutre de los niveles inferiores.**

Aunque pensara mucho al respecto, sus sentidos lo limitan, y su imaginación lo desviará por miles de años. —

— Por otro lado, el **segundo discernimiento** que ocurrió debido al rompimiento fue la *separación de la sensación de vida proveniente de la adhesión con el Rey.* —

— Pero no nos apresuremos, — **continuó el pequeño.**

— Aún estamos muy lejos, y **no podemos sacar conclusiones a mitad de camino.** Es importante llegar a tener la representación general del plan de la creación y entonces cada cosa caerá en su lugar. *Así el Rey le dará al Hombre la necesidad por Su ayuda.* —

10_ Sobrevivir: Primer Instinto

En los albores de **nuestra especie**, cuando éramos *como delicadas mariposas emergiendo de un capullo*, el instinto de **sobrevivir** ardía en lo más profundo de nuestro ser.

Éramos pájaros cautelosos **en busca de un nido seguro**, buscando protección en *un mundo lleno de incertidumbres*.

Como un astuto zorro que busca su madriguera, nuestros antepasados, con **ingenio y esfuerzo**, construían **refugios rudimentarios** con ramas entrelazadas; otros encontraron seguridad en cuevas rocosas.

Allí hallaron seguridad y confort, un remanso de calma rodeado de peligros amenazantes.

Sin embargo, incluso estos estadios de seguridad **tenían un tiempo** en la larga cadena de acontecimientos que *se manifestaban lentamente*.

En cada paso que dábamos, **sentíamos** en nuestras venas la fuerza primordial de sobrevivir.

Nuestro **primer instinto** era **aferrarnos a la vida**, como un navegante solitario se aferra a su embarcación en un océano inexplorado.

A través del refugio, encontramos seguridad; mediante la alimentación, hallamos sustento; y gracias a la reproducción, logramos la perpetuación de *nuestra esencia.*

Como astros **fugaces** en la noche estrellada, nuestros primeros pasos estaban **arraigados en la lucha** por sobrevivir.

Cada desafío, **cada obstáculo** que enfrentamos, se convirtieron en un lienzo en el que pintamos nuestra *historia de supervivencia y evolución.*

Y ese primer instinto, incrustado en nuestro ser, nos llevó a convertirnos en la especie dominante.

Durante miles de años, nuestros primeros pasos estuvieron arraigados en la lucha por **sobrevivir.**

Al igual que **la mayoría de las especies,** nuestros antepasados nacieron con este instinto de supervivencia, **una fuerza motriz** que les permitiría enfrentar los retos y **superar los obstáculos de la vida**.

Sin embargo, a diferencia de muchos otros seres vivos, nacimos prácticamente **indefensos,** sin destrezas físicas ni **habilidades para protegernos** por nosotros mismos.

Mientras que **otros animales** recién nacidos eran capaces de moverse y buscar alimento con relativa rapidez, **los humanos dependían por completo de sus padres y de la comunidad para sobrevivir.**

Es precisamente esa fragilidad, esa condición tan **vulnerable** de nuestra especie recién nacida, lo que **motivó** a nuestros ancestros a desarrollar habilidades, técnicas y destrezas que les permitieran *sobrevivir y prosperar en un mundo hostil.*

Para asegurar la supervivencia de la especie fue necesaria una **comunidad que cuidara a los más pequeños,** que **enseñara** y **compartiera conocimientos** y recursos.

Lentamente, a lo largo **de muchas generaciones**, desarrollaron herramientas, técnicas y estrategias que les permitieron cazar, recolectar alimentos, crear refugios y protegerse *contra los peligros del entorno*.

Mediante la **observación** y la experimentación, fueron construyendo una **memoria colectiva** que les permitió *adaptarse y evolucionar*.

Conforme la comunidad **aprendía y compartía**, comenzaron a desarrollar un **sentido de propósito**, una identidad que *trascendía el instinto de supervivencia*.

Crearon arte, ciencia, cultura y religión; a partir de ello, comenzaron a formarse las **sociedades primitivas**.

La fuerza motriz que antes era *la supervivencia, se reorientó hacia la creación y prosperidad de la civilización.*

A pesar del tiempo y la distancia que nos separan de nuestros antepasados, ese primer instinto de sobrevivir *aún late en lo más profundo de nuestro ser*.

Incluso en estos días el ser humano **nace sin** saber de dónde viene ni hacia dónde va, ha sido justamente **esa incertidumbre** la que nos ha llevado a explorar, investigar y descubrir la verdad sobre *nosotros mismos y el universo que nos rodea.*

En última instancia, esa incertidumbre nos **conduce a encontrarnos** a nosotros mismos, **a nuestro Creador y a revelar toda la perfección** del acto mismo de la creación, que *permanece latente*

esperando ser alcanzado.

11_ Un Motor

de Avance

Imaginemos al hombre **avanzando** por el vasto mundo, inmerso en un panorama deslumbrante y *lleno de posibilidades.*

A **su alrededor**, se despliega un escenario aún inexplorado, donde cada paso en la **oscuridad** despierta **temores** ancestrales.

Debe enfrentarse a bestias salvajes, **inundaciones** repentinas, **fuego** consumidor y **tormentas** descomunales que amenazan con *destruir su camino.*

El **viento** soplaba con una fuerza tal que parecía querer arrastrarlo *hacia lo desconocido.*

En este viaje incierto, el hombre se ve **envuelto** en un *eterno abrazo con el miedo.*

Un **miedo que lo protege** y **lo impulsa** a seguir **adelante** en *su lento proceso de desarrollo.*

Es un **miedo** visceral, **arraigado** en lo más profundo de su ser, que actúa **como un faro** en medio de la oscuridad.

Cada sombra, cada sonido desconocido, **despierta la chispa** de la supervivencia en su interior, **y su corazón** late desbocado ante la *incertidumbre* de lo que yace más allá.

Es este **miedo lo que evita que el hombre se detenga,** lo que lo **empuja a traspasar los límites conocidos** y a trascender su zona de confort.

Desde lo más primitivo hasta lo más sofisticado, **el miedo** se convierte en *un catalizador para la evolución y el progreso.*

Con cada encuentro aterrador, el **hombre aprende a adaptarse**, a descubrir nuevas estrategias y a *superar sus propias limitaciones.*

El **miedo a lo desconocido lo anima** a crear herramientas para protegerse y a desarrollar técnicas para sobrevivir en un mundo hostil.

El **fuego**, el arma más primitiva y poderosa, surge del **temor a la oscuridad** y se convierte en el primer paso hacia la iluminación y el **dominio del entorno**.

Ante el embate de las olas, **el hombre construye** balsas y embarcaciones que le permiten surcar mares extraños y *expandir sus horizontes*.

El miedo también **inspira la búsqueda de conocimiento** y la exploración de lo desconocido.

Animado por la inquietud y el temor a lo inexplicado, el hombre se aventura en la **ciencia** y la filosofía en *un intento de comprender los misterios del mundo y de sí mismo*.

Cada avance científico, cada nueva teoría, surge de esa **chispa de temor** *que impulsa al hombre a desvelar los secretos de la naturaleza*.

Así, en este proceso **lento pero constante** de DESARROLLO, el miedo se convierte en un compañero inseparable del hombre.

Es un eco ancestral que resuena en su interior y le recuerda que *aún hay mucho* **por descubrir** *y conquistar*.

Aunque el camino sea arduo y la incertidumbre aceche en cada esquina, el miedo es **el motor que lo impulsa a seguir andando**, a enfrentarse a lo desconocido y a triunfar sobre las adversidades.

En cada paso temeroso, el hombre teje su historia de valentía y superación. Y **en el horizonte siempre se vislumbra un nuevo desafío**, una nueva *oportunidad de crecimiento.*

Así, **el miedo** se convierte en el hilo **conductor de una narrativa infinita**, en la llama que nunca se extingue en la búsqueda constante de nuestro verdadero potencial.

Cada cambio dinástico marca una nueva era y **una nueva visión de los dioses, el poder y el destino.**

Las civilizaciones se suceden, y los **pueblos danzan entre conflictos, conquistas y progreso**, creando el tejido de la historia, una alegoría que habla del **eterno movimiento de la humanidad en busca de su destino.**

Así, la danza de los imperios continuó a lo largo del tiempo, una **coreografía de poder, conquista, rebelión y ambición.**

Cada movimiento**, cada paso, dejaba huellas** en la historia, y los reyes y sus pueblos se entrelazaban en una danza que perduraba en el **recuerdo** de los siglos.

12_ Hablante, Un Punto

En un lejano y próspero **rincón** de este planeta, **habitaba una comunidad** de **seres conscientes** que se regocijaban en su abundancia natural.

Sin embargo, **una sombra se cernía sobre ellos** debido a la trágica guerra por **la supervivencia** que los había **consumido durante generaciones**.

En esta tierra, la vida fluía en armonía, como el fruto en un árbol que crece y madura con el tiempo.

Pero, al igual que el **primer hombre**, quien **comió la fruta antes de que estuviera madura**, los habitantes de este mundo **no se daban el tiempo** para **reflexionar y observar** si las situaciones y soluciones estaban listas para ser implementadas.

La historia de **la fruta** sirvió como alegoría para comprender que **las acciones apresuradas y el consumo de ideas** y conocimientos antes de que estuvieran plenamente desarrollados *conllevaban a consecuencias desastrosas*.

Así como una **fruta inmadura** puede resultar tóxica para el cuerpo, la falta de madurez en la comprensión y la falta de evolución en la conciencia **llevaron a problemas y conflictos** que pusieron en peligro la existencia misma de la **comunidad**.

Las personas estaban cegadas por el ansia de **conocimiento y beneficios inmediatos,** sin considerar si estaban preparadas para recibir y comprender esa **información de manera adecuada.**

Como **resultado**, lo que podría haber sido beneficioso **se convirtió en perjudicial, y la verdad se distorsionó en engaños.**

En el corazón de este conflicto, también se libraba una lucha contra **la opresión y la servidumbre.**

No obstante, los habitantes se dieron cuenta de que **su situación destructiva era única**, ya que tenían la capacidad de cambiar su destino al tomar **decisiones maduras**, como producto de un serio proceso de reflexión.

La historia del *primer hombre* les enseñó que debían aprender a **esperar el momento oportuno y desarrollar la sabiduría necesaria** para tomar decisiones fundamentadas.

Solo entonces podrían **liberarse de las cadenas de su propio destino** y evitar la autodestrucción.

Así, la comunidad emprendió un viaje de autodescubrimiento y sabiduría.

Se propusieron **entender** más profundamente **el mundo que los rodeaba**, cultivar la paciencia, **aprender** a apreciar la *importancia de cultivar la madurez en sus acciones y decisiones* y apoyarse en ella en todos los aspectos de **la vida**.

Entonces, con el tiempo, encontraron **la paz y la armonía** que habían extraviado desde épocas inmemoriales.

Solamente **cuando estamos preparados para recibir** y comprender completamente las oportunidades y desafíos que se nos presentan, podemos evitar el camino de la autodestrucción **y alcanzar una vida** en armonía con **el mundo que nos rodea**.

13_ Nos establecemos y estructuramos.

Hace más de 20,000 años, en un **nuevo comienzo** que parecía perpetuarse renovándose constantemente, comenzamos a **explorar el entorno** y a *descubrir nuevas formas de* **vida.**

Fue como si el lienzo de la historia **se extendiera** ante ellos, ofreciéndoles infinitas *posibilidades.* Imagina una pequeña semilla que es sembrada en **tierra fértil.**

Al principio **permanece latente, protegida por la oscuridad** de la tierra.

Pero **con el** paso del **tiempo** la semilla **comienza a germinar**, extendiendo sus raíces y **buscando la luz del sol.**

De manera **similar,** nuestros antepasados, en sus primeros tiempos, eran como esas **pequeñas semillas.**

A medida que exploraban el entorno, **sus raíces** se extendían cada vez más.

Al igual que las **ramas de un árbol,** los avances en su desarrollo se entrelazaban y **se ramificaban** en múltiples **direcciones.**

Poco a poco, estos primeros seres humanos comenzaron a comunicarse entre sí, desarrollando un lenguaje primitivo y **ampliando sus vínculos sociales.**

La **cooperación** se convirtió en una **parte fundamental** de su desarrollo, ya que aprendieron que trabajando **juntos podían lograr metas** que de **otra manera** serían *inalcanzables.*

Como una especie de **ave migratoria,** se dispersaron por **todo el mundo,** adaptándose a diferentes climas y entornos.

Aprendieron a construir refugios, crear herramientas y cultivar la tierra. Su capacidad para adaptarse y evolucionar se convirtió en uno de sus mayores logros.

A medida que la **semilla crecía** hasta convertirse en un árbol, la humanidad evolucionaba como un elaborado tejido vivo que cubría la tierra.

Se desarrolló hacia primitivas formas de gobierno, ciencia, arte y religión.

Descubrieron nuevas formas de transportarse y comunicarse, lo que les permitió crecer y formar diferentes culturas que luego se conectarían entre sí para ampliar su conocimiento aún más.

En aquellos primeros tiempos, la humanidad estaba **llena de curiosidad y determinación.**

Superaron numerosos desafíos y obstáculos, *siempre **buscando** nuevas formas de mejorar y crecer.*

Aunque el camino no siempre fue fácil, **su determinación y espíritu** de superación los llevó a **alcanzar grandes logros.**

Así como la semilla se convierte en un árbol majestuoso, la humanidad poco a poco **continuo un gran proceso de transformación.**

En su primeros pasos, que fueron muchos, el hombre era un nómada, un danzante errante que buscaba su sustento en los parajes que *la naturaleza le ofrecía.*

En cada rincón del mundo donde la **caza y la recolección** florecían, él establecía campamentos **temporales**, dejando que la música de la naturaleza **guiara sus pasos.**

Entre los poblados que emergieron, algunos descubrieron lugares especialmente ricos, como oasis en el desierto, donde la naturaleza regeneraba sus recursos prodigiosamente.

Estos **afortunados** lugares se convirtieron en **refugios más permanentes,** donde el hombre aprendió a bailar al ritmo de la tierra fértil y de los ríos y mares donde nos asentamos, *sin que nadie conociera su misterioso origen.*

Estos poblados se convirtieron en el primer compás de una *nueva danza*: la **sedentarización.**

Bajo el imponente escenario de la **luna y el sol,** la danza de la *civilización comenzó a desplegarse.*

Algunos poblados decidieron seguir las notas de **la naturaleza**, recolectando y pastoreando en armonía con su entorno.

Otros, en su búsqueda de **control y seguridad,** optaron por la agricultura, marcando una nueva coreografía en la historia.

La música de la vida sedentaria llevó a los hombres a estudiar más profundamente la sinfonía de la naturaleza.

Descubrieron que podían **domesticar algunos animales** y **cultivar** plantas. Fue así como obtuvieron una cosecha *más fiable para su supervivencia.*

Estos nuevos pasos en su danza los llevaron a formas de organización más complejas, **creando sociedades** con estructuras tribales y **creencias** que **buscaban la benevolencia de los dioses** *para asegurar el éxito* **de sus cosechas.**

En esa época, la danza de los nómadas se mantenía más sencilla, pues ellos confiaban en su fortaleza y **destreza para sobrevivir.**

Su religión se limitaba a **adorar a los dioses de las tormentas y la guerra,** pues eran LOS ÚNICOS aspectos de la naturaleza que se escapaban a su **control.**

Pero la danza de los agricultores, más dependiente de los ciclos naturales, les **enseñó a rezar** y a **temer las adversidades** que podían afectar su cosecha, y así nacieron ritos y sacerdotes para velar por su bienestar.

En el escenario de la civilización, los poblados brotaron y crecieron, formando ciudades-estado con sus templos y sus sacerdotes sabios.

La danza de la religión se enriqueció, cada pueblo creó una mitología propia y se movía al compás de los mitos y leyendas que le daban sentido a su existencia.

En medio de esta danza, la música del comercio se hizo más fuerte.

Los bienes que unos poblados producían, como la cerámica, la cestería y los tejidos, eran intercambiados con otros por alimentos y recursos escasos en su propia región.

Las rutas comerciales unían a distintas culturas, en un baile de intercambio y aprendizaje.

Así, la danza de la civilización siguió su curso por los siglos, con cambios y evoluciones, a veces en sintonía, a veces en conflicto.

La metalurgia trajo armas y adornos, la escritura surgió como un nuevo paso en la danza del conocimiento, y las ciudades-estado se convirtieron en poderosos actores en el escenario mundial.

Mientras algunas culturas avanzaban rápidamente, otras mantenían pasos más lentos.

Pero, en general, la danza de **la civilización continuó**, enriqueciendo la vida y las sociedades que la protagonizaban.

Así, la danza de la civilización ha seguido su curso hasta nuestros días, con **nuevas melodías** y coreografías que se suman a la **intrigante historia** de la humanidad.

Cada cultura, cada sociedad, cada individuo, sigue danzando en esta sinfonía universal, dejando que la música de la historia los guíe en su camino *hacia el futuro.*

—*Te has quedado callado—, exclamo el **pequeño sabio**.*

—*Sí hermano, **dijo el mayor**, me gusta escucharte.*

*Recordaba **nuestro** comienzo.*

*Tú eras pequeño, recién nacido, sin habla, sin fuerzas. Yo no entendía, quizá estaba celoso, como si me quisieran arrebatar todo **mi mundo**.*

*Pero **tu corazón** fue suficiente para los dos. **Y el Rey** estuvo muy contento.*

Finalmente entiendo.

*Pero sigue no te detengas, **ayúdame a recordar.** —*

14_ Todo Parece Empeorar

En un lejano y misterioso rincón de la existencia, un pequeño mundo se erigía **bajo la constante vigilancia** de *las noches de luna llena*.

Con él, **surgía una poderosa fuerza** que crecía en **las sombras**, acompañada de un ancestral **vaivén de reyes y sus naciones**, quienes danzaban al ritmo del *poder y la **ambición.***

El tapiz de la creación no siempre mostraba su esplendor. A medida que se expandían y entrelazaban, se desataban diferencias y **conflictos entre los** *devotos* **de cada hilo.**

La historia estaba tejida con tensiones y divisiones religiosas, generando fisuras que **amenazaban con romper aquel delicado equilibrio.**

La música una vez más **cambiaba su tonada** y ante el temor por el **incierto destino** todos se entregaban a la invención de nuevos propósitos: Guerra, conquista y búsqueda del poder, **parecían velar** la incertidumbre del mañana.

El destino, caprichoso en su propio orden, jugaba con esos pequeños mortales.

Ciudades, imperios y naciones **surgían y caían** en una danza interminable. Cada uno **absorbía las costumbres y conocimientos** de los vecinos, de los vencidos y de sus adversarios, forjando y **confundiendo su propio camino.**

Los monarcas ascendían y caían, **mientras ministros efímeros** atravesaban vidas de un solo día.

En el norte, en el sur, en el centro, caravanas de **cuerpos sin alma** transitaban por este camino.

La ambición, ahora convertida en un lazo oculto, unía a cada rincón; todos participaban

inconscientemente en esta amalgama de carne y sangre que *recorría la **tierra.***

Muchos desaparecían y muchos otros **se alzaban sobre los caídos**, mientras las rebeliones y las alianzas cambiaban constantemente.

Los dioses y la **religión se entrelazaban con la** política.

Los reyes venían e iban, y **una mitología se mezclaba con otra,** venerando al **Dios que más favoreciera a la** imaginación caprichosa de cada gobernante o a la **elocuencia sagaz de religiosos eruditos**.

En ocasiones, las sombras del pasado parecían apaciguar las aguas, pero la historia mostraba una **falta de aprendizaje**, una MUERTE que vagaba en el CORAZÓN de cada habitante de este triste reino, **siempre en reconstrucción.**

Así, la danza de los imperios continuaba a lo largo del tiempo, una *coreografía* de poder, conquista, rebelión y ambición.

Cada movimiento, cada paso, dejaba **huellas** en la historia, y los reyes y sus **pueblos** se entrelazaban en una danza que perduraba en el recuerdo de los siglos.

Mil vidas, millones de ellas, eran tan solo **pequeños movimientos** en un engranaje **inmutable,** continuando en una misma dirección sin importar la **mirada absurda y la falta de corazón** de este animal que crecía desde el **abismo.**

Con el tiempo, estos hilos se entrelazaron en un tapiz sagrado, formando una imagen de **la complejidad humana y la búsqueda espiritual.**

Aunque **cada hilo era único,** se reflejaban en los **puntos comunes:** la reverencia a lo divino, la moralidad y la guía para vivir una **vida significativa.**

Tierras por conquistar y muchas vidas más por tomar, presas de la **aparente** ambición de unos pocos.

La **ignorancia** cubría los ojos de todos los participantes en la superficie.

Sin embargo, de vez en cuando, una gran **luz descendía** desde algún lugar remoto, como si viniera **de otro mundo,** y ciertos visitantes nos **preparaban** y calmaban con una sabiduría *que solo ellos comprendían.*

Pero, una vez más, **los ávidos aprovechaban esas palabras** para restaurar su poder y conquistar los corazones de sus seguidores, como **un disfraz** que se viste en cada ocasión.

Así **continuó** el tapiz de la creación, **como una sombra** de alguna **luz** que brilla **en otro lugar**.

15_ Un Nuevo Comienzo

En lo más profundo del inmenso Universo, existía una enigmática morada conocida como el **"Reino de las Ideas"**.

En este lugar, **lo verdadero y lo falso** danzaban eternamente entre los vaivenes de la dualidad de dos figuras que se oponen entre sí: la Existencia y la Ausencia, que protagonizaban esta danza como partes de un **prolongado descenso** que se expresa en cada generación

La **Existencia** era una entidad resplandeciente, llena *de luz y vitalidad.*

Su contraparte, **la Ausencia**, era una **sombra misteriosa, carente de forma y sustancia.**

Donde la Existencia estaba presente, la Ausencia parecía desvanecerse, y viceversa.

Ambos eran inseparables, eternos rivales que alimentaban la llama de la existencia en aquel Reino.

Entre ellos, emergía una "**verdad efímera**", una síntesis de sus fuerzas opuestas.

Esta, no era más que una verdad pragmática, un destello temporal que proporcionaba sentido y orientación en un infinito mar de posibilidades.

Era una **guía para los habitantes** del Reino en sus búsquedas y exploraciones, *pero su naturaleza fugaz la volvía simplemente incompleta.*

Sin embargo, el Reino albergaba una profecía ancestral: la llegada de la "**verdad absoluta**".

Se decía que, en algún momento, las fuerzas de la **Existencia y las de la Ausencia se fusionarían en perfecta armonía.**

En ese instante trascendental, la "**verdad absoluta**" emergería, iluminando la conciencia del Reino con una claridad nunca antes vista.

El Reino de las Ideas vivía en un **constante afán de descubrimiento y comprensión.**

Sus sabios exploradores, conocidos como los **Buscadores del Conocimiento,** se aventuraban en cada rincón *en busca de esa verdad definitiva.*

Cada descubrimiento de la **"verdad efímera"** era celebrado con entusiasmo, pero siempre **con la mirada puesta en el horizonte,** anhelando el día en que la "verdad absoluta" se manifestara.

A medida que el tiempo avanzaba, el **Reino de las Ideas se llenaba de innumerables relatos y teorías** sobre lo que la "verdad absoluta" **podría ser.**

Algunos **creían que era un tesoro escondido;** otros la veían como una luminosa estrella que guiaría sus destinos.

Otros más, albergaban la esperanza de un salvador, alguien que llegaría y resolvería todos los problemas.

Pero nadie podía saber con certeza qué forma tomaría, *ya que su naturaleza trascendía cualquier entendimiento humano.*

El viaje hacia la "verdad absoluta" se convirtió en una búsqueda interior, una exploración de **la esencia misma de la existencia.**

Los Buscadores del Conocimiento aprendieron que la respuesta no se **encontraba en el exterior, sino en el interior de cada ser.**

La "verdad absoluta" estaba entrelazada con **la pureza de la conciencia,** y solo aquellos que hallaban la verdad en su interior podían vislumbrarla en el exterior.

Finalmente, llegó **el día tan anhelado.** Un Buscador del Conocimiento, tras un viaje de autoconocimiento e introspección profunda, experimentó una epifanía que **lo transformó.**

En ese momento las fuerzas de **la Existencia y la Ausencia se fundieron** en su interior, y la "verdad absoluta" se reveló en su corazón.

La "verdad absoluta" no era un objeto, ni una forma concreta; era la completa **comprensión sensorial de que lo verdadero y lo falso,** la existencia y la ausencia, eran meras *facetas de la única realidad.*

Todo estaba *conectado* y la dualidad era solo una *ilusión.*

En ese instante, la conciencia del Buscador se llenó de una **inmensa paz y sabiduría.**

A partir de entonces, el Reino de las Ideas se transformó.

La búsqueda de la "verdad efímera" se volvió menos apremiante, y la comprensión de la "verdad absoluta" impregnó cada rincón del Reino.

La conciencia estaba libre de falsedades y dualidades; solo **la verdad eterna** y universal **permanecía.**

El Reino de las Ideas se convirtió en un faro de sabiduría, irradiando la luz de la "**verdad absoluta**" a todos los rincones del Reino.

Desde entonces, los seres que buscaban respuestas encontraban en él un refugio de claridad y comprensión.

Y así, **la verdad iluminó el camino** de todos aquellos que anhelaban la auténtica comprensión de sí mismos.

Por primera vez en un largo proceso evolutivo, entendimos que el Rey vivía, era **real y gobernaba** sobre todas las cosas.

Desde nuestro estado, todo **parecía confuso**; existía la dualidad, lo **bueno y lo malo.**

Sin embargo, en el todo era UNO.

16_ Las Circunstancias Obligan

Había una vez un vasto y frondoso bosque, donde **diferentes criaturas mágicas y seres humanos** convivían en armonía.

En aquel lugar, **la naturaleza era próspera**, y la **sabiduría ancestral fluía** como un río de **conocimiento que nutría la vida** de todos sus habitantes.

En aquellos tiempos **no existían reinados ni líderes**, pues todos se regían por un profundo **respeto hacia la naturaleza** y hacia los demás seres.

Cada criatura tenía su propio papel en el ecosistema, y **todos trabajaban en unidad** para mantener el equilibrio y la prosperidad en el bosque.

Sin embargo, a medida **que los seres humanos fueron adquiriendo mayor conocimiento** y habilidades, algunos comenzaron a **sentirse atraídos por el poder y el dominio** *sobre los demás.*

Surgió entonces un joven ambicioso llamado **Canu** que ansiaba gobernar y **ser reconocido como el líder de todos.**

Manu era hábil en la **persuasión y la manipulación**, y poco a poco fue convenciendo a otros seres humanos de que **él era el elegido para gobernar** y que debían seguir sus órdenes.

Pronto, **se formó el primer reinado** en el bosque, y **aquellos que no aceptaron su liderazgo fueron marginados y desplazados.**

Con el tiempo, Manu comenzó a sentir que **necesitaba un respaldo más sólido** para justificar su posición.

Entonces, **ideó una manera de controlar las creencias** y emociones de las personas: **creó una**

religión que exaltaba su figura como **un enviado de los dioses,** un ser divino **destinado a gobernar con sabiduría.**

Así nació la primera religión en el bosque, donde Manu se **autoproclamó** como un ser **sagrado y divino.**

Sus seguidores, ávidos de sentido de pertenencia y dirección, **adoraban su imagen** y obedecían sus mandatos **religiosamente.**

De esta manera, el poder del reinado se afianzó aún más, ya que cualquier **cuestionamiento** hacia **Manu era visto como** una *blasfemia contra* ***los dioses.***

Sin embargo, no todos estaban convencidos por las artimañas de Manu.

Un grupo **de sabios y seres mágicos,** liderados por la anciana Sibila, **se reunió** en secreto para encontrar una forma de contrarrestar el poder del reinado y la **manipulación religiosa.**

La Sibila compartió su sabiduría con el grupo y les **recordó** los antiguos tiempos de armonía y **respeto mutuo** en el bosque.

Propuso que, en lugar de un líder autoritario, deberían **establecer un consejo de sabios y líderes de distintas criaturas,** donde cada uno aportara su conocimiento y experiencia para **beneficio común.**

El consejo fue aceptado y SE ejecutó con el objetivo de restablecer la armonía en el bosque y prevenir futuros abusos de poder.

La religión de Manu perdió fuerza gradualmente, ya que **la sabiduría y la comprensión de la verdadera naturaleza** del bosque **comenzaron a prevalecer.**

Con el tiempo, **otras religiones** también se originaron en el bosque, cada una con sus propias creencias y prácticas.

Sin embargo, todas aprendieron de la experiencia pasada y se enfocaron en promover la convivencia pacífica, el respeto por la naturaleza y el **entendimiento mutuo.**

17_ ¿Quién Divide?

En un vasto continente, dividido **por montañas** y océanos, existían diferentes reinos gobernados por **poderosos líderes.**

Cada rey anhelaba expandir su territorio y **consolidar su dominio** sobre las **tierras vecinas.**

Para lograrlo, confiaban en la **fuerza y poder de sus ejércitos,** cuyas habilidades de conquista y dominio eran admiradas y **temidas por todos.**

En el centro de cada reino, se erigía **un templo** imponente dedicado a los **dioses que los gobernantes adoraban y a la práctica religiosa que profesaban.**

Los líderes creían fervientemente que **estos dioses eran sus protectores**, otorgándoles *victoria en batallas* y **bendiciones** *para expandir su imperio.*

Los ejércitos marchaban bajo los estandartes **de sus dioses**, convencidos de que **su fe les confería invencibilidad.**

Una vez que los reyes alcanzaban el poder, se aferraban a él con ferocidad.

Sin embargo, para mantener su dominio, **debían imponer sus CREENCIAS y RITOS** a todos los habitantes de sus reinos.

Se convirtieron en **líderes fanáticos**, exigiendo que la **población adorara a sus dioses** y obedeciera sus normas y tradiciones.

Estos ritos y costumbres se convirtieron en un **instrumento de control**, manteniendo a la población **bajo el yugo del reino.**

La gente se veía obligada **a rendir culto a los dioses del gobernante**, INCLUSO SI EN SU CORAZÓN albergaban otras creencias.

La disidencia era **castigada severamente**, y aquellos que se atrevían a desafiar el poder establecido eran etiquetados como **herejes y traidores.**

A lo largo del tiempo, los **reinos** se tornaron en lugares **de opresión y temor**.

Las voces de aquellos que deseaban la libertad y la diversidad religiosa eran **acalladas por la fuerza**.
Los ritos y ceremonias se convirtieron en una **rutina vacía** de significado para muchos, **pero que debían seguirse** por temor a las represalias.

Sin embargo, **entre las sombras de la opresión**, un grupo de valientes se reunía en secreto.

Eran **sabios**, filósofos y líderes espirituales que entendían que **la fe no podía ser impuesta por la fuerza**.

Estos visionarios soñaban con un mundo en el que la convivencia pacífica y el entendimiento mutuo **fueran posibles**.

A pesar de los peligros que enfrentaban, no cesaron en su lucha por un mundo verdadero

Sus palabras **resonaron en los corazones** de aquellos que habían sido oprimidos por tanto tiempo, y una *pequeña semilla de esperanza comenzó a germinar.*

Poco a poco, **la semilla de la libertad** y la tolerancia creció, **extendiéndose** por los reinos.

Las personas comenzaron a cuestionar las imposiciones del poder y a buscar una conexión más genuina con sus propias creencias.

Los **líderes opresores** sintieron cómo su control se desvanecía lentamente, *mientras que la fuerza de la unidad en la diversidad se fortalecía.*

Con el tiempo, los reinos se transformaron en lugares donde la **libertad de creencias y la convivencia pacífica** eran valoradas por encima de todo.

Los líderes dejaron de ser tiranos y se convirtieron en guías respetuosos, con capacidad de escuchar las voces de su pueblo en lugar de imponer **sus deseos y creencias.**

*— A lo largo de mucho tiempo, **continuó el niño**, habían superado obstáculos y evolucionado en sabiduría y conocimiento para adaptarse a la Tierra.*

*"Conquistaron ciencias, exploraron el cosmos y descubrieron maravillas inimaginables", **dijo el niño**. "Pero también se enfrentaron a preguntas sin respuesta, buscando comprender su propósito y conexión con la esencia misma de la vida". —*

El **niño mayor escuchaba** atentamente, cautivado por las palabras del hermano más pequeño.

A mbos compartían un vínculo especial en ese jardín, donde la amistad crecía como una semilla duradera, y la curiosidad los llevaba a explorar los misterios que se escondían en cada rincón.

18_ Cada vez más cerca

En el vasto y **enigmático sendero** de la humanidad, los seres humanos emprenden un **largo y cambiante** viaje en busca del **conocimiento más profundo.**

Como inquietos exploradores, **desean desvelar los secretos ocultos de la vida,** sus misteriosos **comienzos y el destino** que aguarda **al final** del camino.

En esta travesía, **la influencia** de la **religión** se entrelaza con las *inquietudes del alma.*

Creencias ancestrales, **mitos y dogmas** se convierten en faros que guían a los buscadores en su afán por **comprender el significado** último de la **existencia.**

Sin embargo, esta **luz sagrada** a veces se convierte en **sombras opresoras.**

La imposición de **ideas religiosas** se alza como UNA MURALLA que intenta **limitar el pensamiento** libre y las exploraciones intelectuales.

Quienes se atreven a cuestionar o desafiar las **creencias impuestas** se enfrentan a la *intolerancia y el rechazo*, mientras la sombra del *fanatismo se cierne sobre ellos.*

En la **búsqueda de respuestas,** se despierta una **incertidumbre profunda** que atormenta a los CORAZONES inquietos.

La incertidumbre es una llama que arde en el interior de cada ser humano, provocando la **ansiedad de conocer la verdad** última sobre el UNIVERSO y *su* **propósito.**

La sed de **dominio** se entrelaza con esta sed de **conocimiento.**

Algunos, en su afán de **controlar y afirmar su visión del mundo,** desean *aplastar a sus opositores,* aquellos que ven la **realidad** a través de un prisma **diferente.**

Se desata una **lucha despiadada** por la supremacía de **ideas y creencias**, y en esta contienda, *se olvidan los lazos comunes que nos unen como especie.*

El **poder y la ambición**, como dos sombras acechantes, *se proyectan sobre la humanidad.*

En su **deseo de poseer** la verdad absoluta, algunos recurren **a tácticas violentas**, aniquilando a quienes se **resisten a someterse** a sus pretensiones.

Sin embargo, en medio de este conflicto interminable, **persiste una chispa** de esperanza.

Los **CORAZONES VALIENTES** y los pensadores libres mantienen encendida **la llama de la indagación y la exploración.**

Caminan con pasos decididos por un **sendero estrecho** y sinuoso hacia la **verdad.**

Es en ese sendero donde, **a pesar de la oscuridad**, se forjan alianzas inesperadas.

Los viajeros del conocimiento**, provenientes de diversas culturas** y creencias, **se unen para enfrentar la opresión** y la cerrazón mental.

Juntos, buscan la comprensión mutua y la posibilidad de un diálogo fructífero.

En este VIAJE, la búsqueda de conocimiento se convierte en **un río caudaloso, lleno de meandros y bifurcaciones.**

Cada **paso lleva a nuevos horizontes**, pero también a *desafíos y peligros desconocidos.*

En última instancia, los buscadores de la verdad deben **abrazar la incertidumbre como una compañera inseparable.**

Es en ese **abrazo** donde **se descubre** LA BELLEZA de la exploración, la **maravilla del aprendizaje constante** y **la humildad** de aceptar que, a pesar de nuestros esfuerzos, **el misterio de la vida persiste**, desafiándonos **a seguir** adelante en este **largo y cambiante camino** en busca de las **respuestas ocultas.**

19_ Los Hilos del Tiempo

Una **vez más**, el vasto tejido del **universo parece estirase** en su propio corazón, donde los hilos del tiempo se entretejían en una danza eterna.

Cada hilo representaba **una era, un período de desarrollo** humano que daba forma a la **historia del mundo. Al inicio**, la danza era armoniosa y **llena de promesas**.

Los primeros hilos tejían los cimientos de la *cultura, la ciencia, la música y el arte.* Las civilizaciones emergían **con maravillas y**

descubrimientos, compartiendo su conocimiento y creando **un legado de progreso**.

Pero, **lamentablemente**, en medio de esta danza**, surgió la discordia**. Los hilos se torcieron con **guerras y conflictos que rasgaron el tejido**.

Pueblos y reinos se enfrentaron por **ambición y poder**, *creando una creciente brecha entre ellos.*

A medida que el tejido del universo avanzaba en el tiempo, **la diferencia** entre los pueblos se **ampliaba aún más**.

Algunos se alzaban como **líderes y conquistadores**, mientras otros luchaban bajo *la sombra de la pobreza y el hambre.*

Con la evolución de la sociedad surgieron reyes y señores feudales que tejieron reglas y divisiones para **salvaguardar su propio poder**.

Lejos de unir a los pueblos, estas reglas **solo profundizaron la separación** entre los más privilegiados y los más **desfavorecidos**.

La danza de los hilos continuó, y a pesar de las **leyes** y las **apariencias de modernidad**, los pueblos aún arrastraban el peso de la **opresión y la falta de igualdad**.

El **conocimiento y la verdad eran ocultados tras las sombras de la ignorancia,** y las oportunidades para buscar **un camino verdadero** quedaban truncadas.

En el telar del tiempo, **la sociedad se convirtió en un tejido de esclavitud** moderna, donde la ignorancia y la falta de posibilidades atrapaban a las ALMAS en *cadenas invisibles.*

Pero **en medio de** este panorama Sombrío, un resquicio de esperanza **brillaba.**

Los hilos de **la verdad y la compasión aún se entretejían,** buscando sanar las heridas del pasado y desentrañar las *ataduras que oprimían a la humanidad.*

Y así, en la danza eterna del tejido del tiempo, **los hilos de la justicia y la solidaridad se entrelazaban con fuerza.**

Una **nueva generación de tejedores emergía,** con el anhelo de tejer un futuro de libertad, **El Pensamiento del REY** DECENDIA UNA VEZ MAS.

El camino verdadero estaba ahí, esperando a ser descubierto.

En **la unión de los hilos**, los pueblos encontrarían la fuerza para romper las **cadenas de la ignorancia** y la **opresión**.

En esta danza de los hilos del tiempo, **la humanidad aprendería** a mirar más allá de las **divisiones artificiales** y a caminar juntos hacia un futuro donde la luz de la verdad y la libertad iluminaran a todos por igual.

Y así, el tejido del tiempo continuaría su danza, con la promesa de un destino cosido con hilos de **AMOR**, compasión y la posibilidad de un nuevo comienzo para todos.

El **GLOBO** CONTINUABA GIRANDO, Y UNA NUEVA EDUCACION SE LEVANTABA SOBRE LAS *CENIZAS Y EL RECUERDO DE UN EXILIO* AL QUE NO VOLVERÍAN.

20_ Una Mentira Verdadera

En un remoto rincón del universo existía una misteriosa morada, conocida como el **"Reino del Deseo"**.

En este lugar enigmático, habitaban dos fuerzas ancestrales **que gobernaban la vida** de sus moradores.

La primera, la **Fuerza de Atracción**, era como un imán que estiraba los hilos del destino, **llamando con dulces** susurros a todos los seres del reino.

Era una **seducción magnética que invitaba a que los corazones** ansiaran lo que estaba más allá de sus fronteras, despertando anhelos y sueños en cada alma.

Sin embargo, junto a esta fuerza encantadora, **existía su contraparte oscura y temida,** *la Fuerza de Rechazo.*

Esta **fuerza desafiante** y esquiva se encargaba de **establecer límites y barreras** a las aspiraciones de los habitantes del Reino del Deseo.

Como una **sombra que se aferra a la luz,** la Fuerza de Rechazo negaba la entrada a lo que excediera los confines de sus vasijas, **manteniendo** en equilibrio **la armonía del universo.**

Las vasijas del Reino del Deseo estaban hechas de **anhelos y pasiones**, y *cada una poseía un deseo de recibir único y particular.*

Pero, a pesar de sus diferencias, todas compartían una naturaleza común: *la incapacidad de abrazar la totalidad del universo.*

Así, con sus **limitaciones,** el Deseo de Recibir daba vida a las dos fuerzas que lo componían: **la Fuerza de Atracción y la Fuerza de Rechazo.**

Cada vasija **ansiaba ser llenada hasta el tope** con la más exquisita esencia de la existencia.

Pero, **al intentar** alcanzar más allá de sus confines, se **topaban con el abrazo frío** de la Fuerza de Rechazo.

Esa negativa, aunque dolorosa, era necesaria para proteger la integridad de cada ser, **SEGÚN SU PROPIA NATURALEZA.**

Porque, si alguna vasija **lograra acumularlo todo,** se perdería la esencia misma de la diversidad y la maravilla del **Reino del Deseo.**

De este modo, el **"deseo de recibir"** se convertía en una danza cósmica de **atracción y rechazo.**

La Fuerza de Atracción llamaba, mientras la Fuerza de Rechazo marcaba los límites y enseñaba el arte de aceptar lo realmente **Razonable** con el ser.

En este constante fluir de **energías opuestas,** el Reino del Deseo encontraba su equilibrio, su armonía, y su esencia más profunda, **una prisión sin igual.**

Y así, en cada rincón del Reino del Deseo, cada vasija aprendía a danzar con estas dos fuerzas gemelas.

Entendían que, aunque la Fuerza de Atracción los inspiraba a explorar lo desconocido, era la Fuerza de Rechazo la que los protegía de perderse en su propia codicia.

Abrazaban la dualidad, honrando tanto lo que atraían como lo que dejaban ir.

En esa danza eterna de deseos y limitaciones, las vasijas descubrían **sus propios límites.**

Así, en el Reino del Deseo, **por encima de estas dos fuerzas** se les revelaría la esencia misma de su existencia.

Y en cada **corazón que comprendía la voluntad del REY,** florecía la sabiduría de amar lo que era, **abrazando el misterio y la belleza** de ser una vasija única y perfecta en su imperfección.

En el Reino del Deseo, la danza de la dualidad se convertía en un canto de gratitud por la vida misma y la maravilla de existir.

21_ Un Pequeño Salto

Cerca de 200 mil años habían pasado desde **su inicio** en esta travesía.

La humanidad, ya constituida y **con todas sus formas,** había superado obstáculos **y evolucionado en diversos campos** para *adaptarse a la Tierra.*

Aprendió a utilizar los **recursos** del entorno, explotando **todo a su alrededor, incluso** a los de su misma especie.

Se volvió sabio y **experto, explorando** ciencias, el cosmos, el universo completo y todo lo que podía percibir a través de sus sentidos.

Sin embargo, y a pesar de todos estos logros y conocimientos, se encontraba cada vez **más vacío,** solo **acumulaba preguntas sin respuesta.** ¿Quién es él y quién es su Padre? ¿Cuál es su propósito en la vida? ¿Es simplemente **un ser más,** vagando por el campo y asegurando la progenie?

El desarrollo del nivel hablante había **llegado a su fin,** su estado comenzaba a fusionarse con la **línea general de desarrollo.**

El **pensamiento** general de la **creación** estaba **a punto de revelarse.**

En el pasado, el desarrollo en los niveles **inanimado, vegetal y animado** fue ejecutado **sin preguntas,** pero ahora, hacia el próximo nivel, **el grado del hombre,** el *deseo y el anhelo serían* **necesarios.**

Un **despertar** más consciente se requería para avanzar.

—*Esta es la parte más difícil, susurraba el niño mayor, como exteriorizando su propia experiencia.*

Cualquier pequeño cambio hacia la verdad lo deja sin nada. Una situación que lo obliga a seguir por el camino de la mentira.

—Pero el Rey, interrumpió el pequeño sabio, — en su Gran sabiduría y amor ilimitado, ha preparado todo de antemano, recuerda que para el Rey todo ocurrió de una vez, y toda la alegría y el placer ya fueron otorgados según Su deseo de beneficiar a sus seres creados, simplemente estamos viendo cómo ocurrió.

—Si, entiendo, dijo el niño mayor, pero a la criatura aún le falta poder recibir, tomar consciencia de su situación, realizar las correcciones, trabajar en contra de sí mismo, preocuparse por otros y querer realizar todo esto, una y mil veces, solo para darse cuenta de que está peor que cuando empezó. Además, la confusión y el miedo seguirán presentes y sin un entorno que lo sostenga en esas condiciones, ni el Rey puede darle lo que **no necesita**—.

—una vez más tienes razón, dijo el niño pequeño, sin embargo, mira, por dónde vamos, aún no ha comenzado.

 —En este estado el hombre— *continuo el niño pequeño*, —. comprende que un **nuevo enfoque** es necesario. —

Debe **prepararse, estudiar,** aprender el orden, las leyes y así, **poco a poco,** relacionarse *de manera correcta con su entorno.*

Además, llega a comprender que **algo bueno no puede ser forzado,** él debe **anhelar el bien, la vida y el amor.**

Todo ha de **llegar al hombre en la medida de su necesidad** y exclusivamente desde el REY MISMO.

Comienza a diferenciar **los medios** y una **nueva meta surge ante sus ojos,** como una semilla que germina y da paso a *un nuevo estado de desarrollo.*

El camino hacia la raíz de su propia existencia se desplegaba ante él, y el hablante se da cuenta; su cambio de estado es esencial para seguir *evolucionando.*

Desde este momento y en los días venideros, uno a uno, exploraría los misterios de la VIDA HUMANA, **sumergiéndose en un nuevo nivel de desarrollo.**

La travesía del hablante, como la de toda la vida, continuaba en **su espiral sin fin,** siempre buscando el próximo paso hacia una *realización más profunda de su existencia.*
En el **grado del hombre**, la fuerza de vida oculta se acerca a través del entorno, le susurra en las

sombras y *despierta deseos y anhelos aún ocultos para él.*

El mundo **permanece en aquel profundo sueño,** como moradores de arcilla de un vasto lienzo imaginario **a punto de ser borrado,** una *nueva escritura cae lentamente.*

Él ha de recibir nuevas fuerzas, nuevas razones, **cualidades con las que no puede soñar.**

Él debe trabajar *por encima de su propia razón atrayendo la fuerza de vida desde el siguiente grado.*

De esta manera la amistad entre ellos, nace como una **semilla duradera,** un árbol que ya existe y le **muestra su potencial.**

El grado del hombre integra dos fuerzas, superior e inferior, y algo nuevo emerge de ellas.

Con cada latido del **CORAZÓN,** con cada pensamiento y cada anhelo, el hablante continúa su maravilloso camino hacia el conocimiento, la realización y la conexión con la esencia de la vida, aquel que lo creó desde el comienzo busca revelarse.

La era de la corrección está en marcha, la vida continua y cada día trae nuevas oportunidades para crecer, **aprender** y **evolucionar** hacia la plenitud de su existencia.

Aún confundido y en busca de conocimiento, el hablante **comienza a despertar** a un nuevo grado de desarrollo.

EL SUPERIOR espera pacientemente su regreso, ayudando, enseñando entregándole un **nuevo deseo** para que pueda procesar adecuadamente los *estímulos que se le presentan.*

En este momento tan crucial, la situación global ya no es cuestionable, **aun no comprende que tan amplia es la interconexión entre todas las partes,** sin embargo, está cerca a enterarse.

No importa cuánto **tiempo pase, si se molesta o incluso** niega todo lo que se le dice, todo está permitido, **nadie puede culparlo,** pero este es el único camino que tiene por delante.

Finalmente, como en lo individual, lo general llega a un nuevo nivel, descubriendo la fuerza del *otorgamiento y alcanzando la equivalencia de forma con el superior.*

Este es el inicio **del verdadero desarrollo de la conciencia,** donde se revela una **forma superior de vida** y la semilla de la corrección crece, llevándolo a la plenitud y la armonía **con AQUEL que nos dio la vida**.

Siempre **había estado en el Jardín del Rey.**

La era de las correcciones ya está en marcha, es hora de poner en práctica la **libre elección**.

A través de un pedido por **ayuda**: el niño llama a su madre y obtiene lo que **necesita**.

Hasta Revelar al REY

22_Contradicciones

En un lejano reino, existía un vasto jardín donde florecían las más hermosas flores y crecían majestuosos árboles.

En medio de este exuberante paisaje, habitaba una **extraña criatura** llamada *Dualidad*.

Dualidad era la personificación de los **opuestos**, y su presencia era vital en el jardín. Su propósito era enseñar a los seres que allí vivían sobre la importancia de **comprender y apreciar** las cosas en **la vida.**

Sin embargo, su **apariencia** era **aterradora** y su actitud *desafiante*.

Tenía una **mitad del cuerpo iluminada,** llena de bondad y generosidad, mientras que la otra **mitad era oscura,** representando el mal y la maldad.

Los habitantes del jardín, a primera vista, **temían y evitaban a Dualidad.**

Pero poco a poco, **comprendieron** que **no podían apreciar** la **belleza** de las flores **sin conocer** la fealdad de **las espinas.**

Dualidad les mostró que no podían experimentar la alegría sin haber conocido la tristeza, **NI EL AMOR** sin haber sentido el **dolor de la separación.**

Además, Dualidad les hablaba constantemente sobre la importancia de la fe.

Les **enseñaba** que **solo a través** de la confianza en la **Providencia** y creyendo que el **Creador actuaba de manera benevolente,** podrían superar los deseos egoístas del cuerpo y las muchas representaciones en sus **sentidos limitados**

Había una **cuestión de grados** que no debían omitir. Estaba prohibido hacerlo, o quedarían juzgados y castigados eternamente, **incluso sin comprender** lo que estaba pasando.

Les recordaba que, **a pesar de los desafíos y tormentos** que enfrentaban en la vida, había *un propósito mayor detrás de ellos.*

El jardín pasó por momentos difíciles, donde **las criaturas sufrieron** y se *separaron unas de otras.*

Pero a **medida que enfrentaban esas pruebas,** aprendían a **amar la unión** con *el Creador.*

Dualidad les mostraba que **solo a través de la adversidad** podían desarrollar una conexión más **profunda con el REY**

Con el tiempo, **los habitantes del jardín comenzaron a comprender la importancia de Dualidad.** Ya no la veían como una **criatura aterradora**, sino como una maestra sabia y **necesaria.**

Siempre que el Rey fuera importante en sus corazones, dualidad les traía tanto la invitación como la única posibilidad de, verdaderamente, acercarse.

Agradecían su presencia y reconocían que los tormentos y dificultades que enfrentaban en la vida eran una constante preparación para acercarse más al rey.

Así, el jardín prosperó, y los seres que allí habitaban aprendieron a valorar y **abrazar los opuestos.**

Aprendieron que solo a través de la comprensión de las dualidades de la vida podían experimentar la plenitud y el crecimiento que tanto anhelaban, porque descubrieron que *"ese era el deseo* del REY".

23_ Un Viaje hacia la Unión

Érase una vez, en el **reino de la Creación**, que en el núcleo mismo del diseño de la Creación el deseo de recibir se entretejía como un **pequeño punto** en medio de la **EXISTENCIA**.

Ese **deseo**, que se encontraba en **manos del REY**, era una semilla que descansaba eternamente en espera de las **condiciones** que **despertaran su potencial**.

El **Creador, en Su sabiduría**, dotó al **alma de una profunda corrección**: la transformación **del deseo de** recibir impreso en el alma, que lo *había llevado a la separación*, para convertirlo en un deseo de otorgar.

Esta **corrección divina** fue concedida *a todas las almas sin excepción*, abrazándolas **con amor y compasión.**

Pero como en todos **los asuntos de elección**, el viaje de cada alma variaba, **algunas avanzaban rápidamente** mientras que otras progresaban a un ritmo **más lento.**

Y otras más, la gran mayoría, aún experimentaban el mundo de la ilusión.

Un pequeño **estado imaginario** que había atravesado todo el proceso **inanimado, vegetativo y animado del deseo, hasta su despertar consciente** en el estado de *separación, heredado del mismo Creador*

El camino para llegar a cambiar el deseo egocéntrico de recibir en uno por otorgar, se denominó *"La Corrección de la Creación".*

Su propósito **no era apaciguar al Creador,** como podría parecer en una mente superficial y sin entendimiento, pues **Él está por encima de toda necesidad y no carece de nada.** Más bien, todo sigue Su deseo de Hacer Bien a Sus seres creados.

Es decir, proporcionar deleite y placer a Sus creaciones.

Los inferiores estaban **destinados a recibir** la plenitud del Creador, disfrutando de la abundancia de **Su** gracia.

Para alcanzar este propósito divino, el alma debía recorrer los **613 caminos** de purificación a lo **largo de los 6000 años asignados**, y así retomar su EQUIVALENCIA DE FORMA CON EL REY.

Era un viaje de autodescubrimiento que conducía a *un nuevo grado llamado Adam.*

En este proceso sagrado, la estructura del alma crecería por encima de todo lo conocido y existente en la creatura, revelando el **centro de la creación**, su **proceso** y su **propósito**, y entregándole la llave de toda la *realidad superior*, haciendo sensible la profunda esencia del Creador: la cualidad de **otorgamiento**, el AMOR INCONDICIONAL.

Y el **principio rector** que **ilumina el camino** y la posibilidad de tomar el desarrollo en su MANO, era la Gran Regla:

"Ama a tu prójimo como a ti mismo".

*Mucho **tiempo atrás** se les había presentado, como pequeñas **gotas**, la posibilidad, el acercamiento de este mandato divino, que **encierra la esencia** de la* compasión y la unidad, forjando el vínculo **armonioso entre todas las partes del alma,** *para recobrar el estado de conexión que tenía en el comienzo de su descenso.*

El camino del alma **estaba predeterminado** y no podía ser alterado ni postergado.

La voluntad del Rey es Ley para todos los habitantes de Su Reino.

Sin embargo, dentro de este viaje había **DOS CAMINOS,** un camino largo y lento, donde el sufrimiento era tal, que nadie pensaría siquiera en andar por ese camino.

Y otro, **el camino de la Luz,** con el cual existe la posibilidad de acelerar el progreso de una buena y agradable manera.

El **tiempo y el espacio, meras ilusiones percibidas a través de los sentidos de los moradores del mundo imaginario,** no podía detener el desarrollo preparado por el **Rey para el grado del hombre.**

El éxito en salvar las diferencias, **residía en la profunda necesidad del alma,** para extraer del **superior, la Luz que Reforma.**

El viaje del alma era el de una **VERDAD OCULTA** que evolucionaba hacia un estado de *gloriosa revelación.*

A medida que el alma **evolucionaba**, pasaba **por varias etapas** y, finalmente, la etapa de **la Exaltación**, el pináculo de la elevación, el Grado del Hombre.

Cada paso adelante, es un paso hacia un propósito más elevado, una mayor unidad con el Creador.

En esta hermosa alegoría encontramos el **MENSAJE ETERNO** según el cual, dentro del plan divino, **tenemos el poder de acelerar nuestro crecimiento** espiritual, guiados por **el amor y la comprensión**, donde todos somos partes interconectadas de la misma **Creación sagrada**.

24_ Tienen Ojos, Pero no Ven

En un vasto **jardín a las afueras de Palacio**, había **dos árboles** que se alzaban uno al lado del otro.

Uno de los árboles, **llamado "Ganancia"**, estaba **cubierto de frutos jugosos** y dulces que representaban el placer.

El otro, llamado "Pérdida", tenía **espinas largas y afiladas** que simbolizaban el **sufrimiento**.

Las mariposas que habitaban este jardín se sentían atraídas tanto por los **frutos** apetitosos como **por la belleza** espinosa.

Algunas **se acercaban al árbol de Ganancia** y **se deleitaban con su cosecha**, disfrutando *del dulce sabor y la satisfacción que les brindaba.*

Sin embargo, otras se aproximaban al árbol de Pérdida y, al tocar sus espinas, experimentaban *dolor y rechazo.*

Las mariposas **que probaban el sabor de la Ganancia** eran conscientes de su *deseo natural de buscar placer y alegría.*

Aquellos que **sufrían al tocar las espinas de la Pérdida**, deseaban instintivamente *alejarse de la incomodidad y el dolor.*

Una danza eterna se desarrollaba entre estos dos árboles, una danza que estaba arraigada en la **naturaleza humana.**

Un día, una mariposa sabia llamada **Equilibra llegó al jardín.** Ella comprendía que el secreto para navegar por esta danza era **descubrir la "equivalencia de forma".**

Al entender que los frutos y las espinas, el placer y el sufrimiento, estaban conectados, Equilibra encontró una forma de **armonizar ambos** aspectos.

Al darse cuenta de que el **Creador del jardín** era benevolente, Equilibra entendió que la guía divina se *manifestaba de maneras diversas.*

Aunque **algunos momentos parecían amargos,** entendió que incluso **en la adversidad,** *había un* ***propósito*** *y una lección.*

Al comprender esto, pudo apreciar el baile entre Ganancia y Pérdida **sin caer** en la trampa del **desespero o el rechazo.**

Su sabiduría se esparció por el jardín, y las mariposas **comenzaron a ver la conexión entre el sufrimiento y el placer,** entre la PROVIDENCIA y la aparente carencia.

Aprendieron que solo cuando se miraba con atención y se encontraba la "equivalencia de forma", se podía experimentar **una adhesión completa con la vida y con el Creador del jardín.**

Así, en este jardín de dualidades, las mariposas aprendieron que, **para justificar al creador del jardín, no podían simplemente disfrutar de la Ganancia,** sino encontrar la armonía *incluso en la Pérdida.*

Descubrieron que, en la intersección de los extremos, en el punto de equilibrio entre los opuestos, **se encontraba la clave para comprender la verdadera naturaleza del Creador** y su guía benevolente **en cada aspecto de la existencia.**

Con el tiempo, **las mariposas del jardín adoptaron la perspectiva de Equilibra** y comenzaron a abrazar tanto **los momentos de Ganancia como los de Pérdida,** con *aceptación y gratitud.*

Aprendieron que **LA VIDA** era una constante danza de contrastes, una **sinfonía de experiencias que les permitía crecer, evolucionar y conectarse** con el tejido mismo de la realidad.

Todo dependía, del **propósito, de la meta** que anteriormente no observaban.

La importancia cambiaba todos los sabores

Ya no veían los eventos como **meros juicios de bueno o malo,** sino como piezas **esenciales** de un rompecabezas divino.

En la medida en que se sumergían en las profundidades de la dualidad, encontraban la **dicha de comprender que cada árbol en el jardín,** con sus **frutos dulces y espinas punzantes,** era una **expresión de la vasta compasión y creatividad del Creador.**

Así, **cada mariposa abrazó su papel único** en esta danza, confiando en que, **al abrazar tanto la Ganancia como la Pérdida,** estaban tejiendo su propio camino hacia la totalidad y la *unión con el Creador del jardín.*

25_ Dos Caras de una Misma Moneda

En otro **rincón remoto** de un vasto jardín, habitaba un *pequeño y curioso niño* **llamado Arieh**.

Arieh se encontraba en **constante exploración**, tratando de entender el misterioso **baile de las formas** que conformaban su mundo.

Dos árboles, uno llamado "**Descenso**" y el otro "Ascenso", eran **el foco de su investigación**.

El árbol del **Descenso** estaba **adornado con hojas oscuras y sombrías**, representando momentos de **separación y desafío**.

El árbol del **Ascenso**, por otro lado, ostentaba **hojas vibrantes y radiantes,** simbolizando momentos de **unión y crecimiento.**

Arieh se dio cuenta de que **cada forma en el jardín apuntaba a otra forma**, creando un ballet intrincado de contrastes.

En su búsqueda, **Arieh descubrió** que cada vez que se encontraba en un Descenso, en un momento de separación y confusión, **tenía la oportunidad de aprender.**

En esos **momentos oscuros, podía discernir entre algo y su opuesto**, comprendiendo la **valiosa lección** que cada contraste traía consigo.

A medida que experimentaba **Ascensos, momentos de alegría y conexión**, comprendía la importancia de **haber sido guiado desde Arriba** y *apreciaba los regalos que le habían sido otorgados.*

Arieh aprendió que los Descensos, aunque difíciles, generaban una comprensión más profunda y *una apreciación aún mayor por los Ascensos.*

Los Ascensos, a su vez, le hacían **consciente de la aversión que sentía hacia los Descensos** y la **separación que causaban.**

Sin embargo, algo **intrigante comenzó a tomar forma** en su mente.

Descubrió que no podía evaluar **completamente la amargura de los Descensos** hasta que hubiera experimentado **tanto la oscuridad como la luz.**

Solo cuando había vivido **ambos lados** de la moneda **podía discernir la distancia entre ellos.** Como la ventaja de la Luz sobre la oscuridad.

Era como si la **luz emergiera con mayor claridad en contraste con la oscuridad.**

En este camino de exploración, Arieh llegó a entender que las formas que encontraba en su camino eran como las herramientas que el **Gran REY había dispuesto para su crecimiento.**

Cada experiencia, ya fuera **un Descenso desafiante** o un **Ascenso lleno de alegría**, tenía **un propósito.**

El propio **Creador estaba guiando su viaje**, deseando que alcanzara la meta completa: el **deleite y el placer** incluidos en el pensamiento de la Creación.

En su búsqueda constante, Arieh descubrió que todo en su mundo estaba perfectamente diseñado para llevarlo a comprender el **profundo deseo del Creador** de **guiar a sus creaciones hacia la unidad y la adhesión.**

Cada forma, cada contraste, era una oportunidad para crecer y acercarse a **la meta final**.

Y así, con un **corazón agradecido**, Arieh continuó su viaje, buscando la sabiduría en las formas que tejían el tapiz de su existencia

Según la voluntad de AQUEL **que lo guiaba**.

Así, **al apreciar la diferencia** entre el estado de separación y el de adhesión, fue recompensado **con TODO**, ya que **el REY** es llamado **LA RAÍZ DE TODO**.

26_ Amargo y Dulce

Había una vez un **reino oculto**, llamado "el *reino del discernimiento*".

En las tierras de **la mente y el corazón**, dos caminos se entrelazaban: **el discernimiento de "verdad y mentira" y el discernimiento de "amargo y dulce".**

En la vastedad de la mente, los **pensamientos fluían como ríos y los juicios** se alzaban como montañas **imponentes.**

El discernimiento de **"verdad y mentira"** se erigía como un faro que iluminaba el camino de aquellos que buscaban la claridad.

Sin embargo, esta senda estaba llena de **desafíos,** la verdad se entremezclaba con la mentira en **un enigma complejo.**

Los caminantes se perdían en los laberintos del engaño, **incapaces de distinguir lo real de lo ilusorio.**

En contraste, **en el reino del corazón,** los latidos resonaban como tambores que anunciaban la presencia de lo **"amargo y dulce".**

Era en **este dominio** donde las **emociones** encontraban su morada, y la **experiencia de la vida se manifestaba.**

El sabor del dulce acariciaba los sentidos, mientras que el **amargo dejaba su huella** en lo *más profundo* del ser.

Aquí, el discernimiento no era un faro, sino un eco que resonaba en cada latido, **invitando a explorar** las dualidades que la existencia ofrecía.

Pero, en este reino, existía un desequilibrio que DEBÍA SER CORREGIDO.

El hombre, **por naturaleza, encontraba dulzura en la recepción** y *amargura en el otorgamiento.*

El egoísmo teñía sus acciones y nublaba su visión, impidiéndole ver más allá de sí mismo. **Sin embargo, existía una esperanza:**

el trabajo en el corazón.

El trabajo en el corazón era un **camino arduo**, un sendero de transformación.

Requería la voluntad de abandonar la comodidad de la recepción y adentrarse en el terreno DESCONOCIDO del otorgamiento.

Era una travesía que desafiaba los instintos más básicos y exigía que el corazón se abriera a nuevos horizontes.

Por otro lado, en la mente, el trabajo se centraba en el **discernimiento de "verdad y mentira".**

Pero aquí, el individuo *se encontraba con sus limitaciones.*

La verdad era un enigma que escapaba a su comprensión, un tesoro oculto **que solo podía ser desvelado con la guía de los sabios.**

El trabajador necesitaba confiar, creer en la sabiduría de aquellos que habían **recorrido el camino antes que él.**

Solo a través de esa confianza podía desvelar los velos de la ilusión y encontrar la verdad en su esencia más pura.

Así, en el reino del discernimiento, el trabajo en el corazón y el trabajo en la mente se entrelazaban.

Solo cuando el corazón se abría al otorgamiento y la mente se entregaba a la guía sabia, el discernimiento alcanzaba su plenitud.

Y en ese estado de gracia, el hombre descubría que el **amargo podía ser dulce** y la VERDAD PODÍA SER REVELADA.

Por esto, para pasar de la

RECEPCIÓN AL OTORGAMIENTO

necesitamos

el trabajo *en el corazón*.

Y *en aquel jardín de la vida, entre las sombras y las luces, el viaje evolutivo continuaba, llevándolos hacia la realización más profunda de su existencia y hacia la comprensión de su verdadero potencial como* **seres humanos.**

27_ Exilio

Había una vez **un reino mágico** en el que habitaban **dos seres divinos**: Shojén y Shejiná.

Pero los habitantes no sabían, no conocían esta realidad.

Su situación presente, su pasado y su futuro están vestidos en otras circunstancias, **OTRO** TEMOR, **OTRO** AMOR.

Shojén representa al mismo **REY**, el Creador de todas las cosas, la **luz suprema**; mientras que **Shejiná** encarnaba la **DIVINIDAD**, el conjunto de las almas, el **lugar Santificado** donde el *Rey puede morar.*

Para que el bien y placer pudieran **mostrarse a los inferiores** en su forma **VERDADERA,** se necesitaba **un proceso de correcciones,** algo muy difícil y complejo dado que estaba **en contra de la naturaleza** de aquellos seres.

Una vez que estas correcciones fueran realizadas, **estarán aptas para sostener esta luz sagrada.**

La raíz de toda la creación, **El Reino,** era el deseo de recibir que se manifestaba en todos los mundos y seres.

Este conjunto de manifestaciones **en su estado corregido,** se conocía como *Shejiná.*

Sin embargo, la **PERFECCIÓN** de los Mundos Superiores aún no se había mostrado por completo, **y, en este mundo,** la *Shejiná se encontraba en un estado de exilio.*

Antes de que la **luz** Divina pudiera **brillar** en plenitud en estas vasijas, era necesario atravesar el TIEMPO DE **CORRECCIONES.**

Este tiempo implicaba **trabajar en uno mismo para permitir que la luz se manifestara** plenamente.

Durante este período, **la Shejiná estaba en el polvo,** alejada de **Su Gran Gloria.**

El **CORAZÓN** de estos seres, que debería ser un **santuario para la luz divina,** se había convertido en un lugar sucio y lleno de desechos.

El **deseo de recibir** estaba lleno de cosas falsas, triviales y negativas, **impidiendo** que la gloria del cielo *se revelara*.

En lugar de buscar **elevar a la Divinidad**, las personas de aquel rincón del universo elegían lo innoble, ignorando por completo la posibilidad de que el **corazón pudiera convertirse en un lugar sagrado**.

Esta condición, conocida como **"Divinidad en el polvo"**, significaba que la divinidad se encontraba en *un nivel muy bajo, despreciada y desatendida*.

No había deseo alguno de elevarla desde el polvo.

En cambio, las personas preferían **aferrarse a lo trivial y decadente**.

La **corrección**, consistía en **transformar el deseo de recibir en un deseo de otorgar**.

El reino divino comenzaba a brillar en plenitud a medida que las personas trabajaran **entre sí,** purificando **SU CORAZÓN** y corrigiendo sus intenciones, para elevar a la Divinidad por encima de ellos mismos.

La Shejiná dejaría el polvo y **recuperaría su esplendor. Así, el SHOJEN seria Revelado en esta conexión.**

No todos estaban dispuestos a esforzarse para lograr conectarse, ya que era necesario emprender un viaje **DE CORRECCIÓNES.**

¿Y quién puede esforzarse por algo que no conoce y no le es importante?

Sin Embargo, **transformando nuestros deseos,** elevando nuestro corazón y creando un espacio sagrado, podemos permitir que **LA DIVINIDAD resida en nosotros en toda su plenitud.**

De esta manera llega a la realización **EL PROPÓSITO DE LA CREACIÓN,** que se encuentra en el pensamiento del Rey y es *beneficiar a Sus seres creados.*

—"Ahora, en este momento presente, la humanidad se encuentra en un nuevo nivel de desarrollo", — **continuó el niño** pequeño.

"Un nivel donde el despertar consciente es esencial para seguir evolucionando y descubrir la fuerza de vida oculta que nos guía y es maestra a lo largo de generaciones". —

Así, entre risas y suspiros, los dos niños se sumergieron en esta alegoría, donde cada paso, cada avance, y cada latido del corazón los llevaba más cerca de la plenitud y **armonía con aquel que les dio la vida.**

28_ El Poder de la Unidad

Érase una vez, en **una tierra mística llamada Zohar,** un grupo de amigos que buscaban una comprensión **más profunda**, un crecimiento AÚN desconocido.

Se reunían regularmente, buscando **sabiduría y verdad** en las antiguas **escrituras.** Debían alcanzar algo para **"Después de la Muerte".**

Estos amigos tenían un vínculo especial que trascendía las amistades ordinarias.

Sus **reuniones no eran** encuentros comunes; eran asambleas sagradas en las que los amigos se reunían **como uno solo, indiviso e inseparable.**

Al principio parecían **guerreros enzarzados en una batalla**, con sus opiniones chocando como espadas.

Sin embargo, a pesar de estos conflictos, reconocían **la LLAMADA DIVINA** a unirse en amor fraternal **por encima de todas** las diferencias.

Ya se **escuchaba resonar un** eco alrededor de **aquel globo.**

Todo es **solo el REY.** *La invitación estaba dada.*

A **los ojos del Creador,** estas reuniones eran realmente **magníficas** y deliciosas.

El REY los observaba **con amor y alegría** cuando decidían sentarse también juntos, no sólo como amigos que querían ganar algo, NO, su propósito era, **elevar a la Divinidad** del Polvo.

La presencia de **la Divinidad,** adornaba sus reuniones, porque su unidad y armonía resonaban con la esencia divina, con **la esencia de la vida.**

A medida que, **a pesar de todas las dificultades, continuaba**n sentándose juntos como hermanos, su *vínculo se hacía más fuerte.*

Cuanto más **buscaban la comprensión** y compartían sus **puntos** de vista, más profunda *se hacía su conexión.*

Cada uno aportaba una pieza única del **rompecabezas** y, juntos, formaban un sublime decorado que incluía **todo cuanto existiera**; pero ellos aún querían agregar algo más, la presencia de aquel que los había creado.

Con cada reunión, **se ampliaba un nuevo círculo** de amistad, comprensión y visión.

Su unidad se convirtió en una **fuerza poderosa** que les acercaba a los misterios divinos ocultos en sus propios **CORAZONES** y en la conexión que comenzaba a revelarse **entre ellos.**

Cada vez que se reunían, sus **corazones y mentes eran iluminados** y guiados en su viaje hacia la verdad.

El Creador les sonreía cuando abrazaban la hermandad, pues **EL** sabía que su unidad era la clave para desentrañar los profundos secretos del universo.

Su viaje **NO** consistía únicamente en adquirir **conocimiento**s, sino en transformarse a sí mismos y entre ellos para llegar, en la unión, a *una nueva existencia **de vida.***

La consigna era simple, nada tenía más sentido, simpleza y lógica desde el mismo comienzo de los días.

Y así, en la tierra encantada del Zohar, **los amigos siguieron reuniéndose** y su amor mutuo creció exponencialmente.

Comprendieron que, al **sentarse juntos como hermanos,** no sólo se elevaban ellos mismos, sino que también *enriquecían el mundo que les rodeaba con la luz de la sabiduría y el amor.*

Al armonizar sus corazones y mentes se convirtieron en un faro de esperanza, *inspirando a otros a buscar la unidad y la comprensión*.

La magia de **su unión se extendió por todas partes** y empezaron a formarse **más círculos** de amigos, todos conectados por el hilo dorado del amor fraternal.

De este modo, la historia de Zohar se convirtió en una alegoría **intemporal del poder de la unidad** y la belleza de sentarse juntos **como** hermanos.

Y entre ellos la DIVINIDAD

El deleite y la satisfacción del Creador estaban siempre presentes, y la sabiduría seguía iluminando el camino del crecimiento y la transformación **para todos** los que la buscaban.

Así, se nos recuerda que, al sentarnos juntos como hermanos, **abrimos la puerta a un mundo de profunda belleza e iluminación**, donde la **unidad y el amor** reinan **supremos**, y comienza un nuevo círculo de esperanza y comprensión, *un nuevo circulo* **de vida.**

29_ Tejiendo una Nueva Realidad

Desde los inicios del tiempo, cuando el universo aún **no había tejido** su vasto tapiz, las relaciones humanas eran como hilos sueltos, **dispersos y desconectados.**

Durante milenios, este intrincado tejido de conexiones permaneció **oculto a nuestros ojos**, eventualmente, en un **proceso muy lento**, hasta que finalmente llegaría el momento de un **gran despertar.**

Poco a poco, pero en forma constante, estas pequeñas partículas avanzan por el aire llevando hacia el orden todo cuanto existe, según el deseo de aquel que lo había diseñado.

Como **arcilla en manos de un artesano**, así la realidad es moldeada, cortada, abierta, pintada y vuelta a juntar.

En cada etapa las relaciones humanas atraviesan un proceso de adaptación, rechazo y discordias, para, *finalmente, ser obligados a la transformación esperada.*

Ellos no entienden los acontecimientos, sus días son tan cortos.

Aparece hoy, sin embargo, **empezó hace 5000 años**, e incluso, **eso** que comenzó hace 5000 años **se encontraba en el pensamiento de la creación hace 65000 millones de años** *y, en definitiva*, **ya transcurrió**, como un río que se secó y ya no corre.

Por esto, **cada generación y sus maestros**, aquellos a quienes le corresponda, son como una **nube que arroja su preciada lluvia en medio del desierto** en una delgada línea que **parece ocultarse** en la vasta inmensidad del lugar.

Sin embargo, deja lo necesario **para que aquella forma de vida perdure.**

Por ahora **no habrá mucho florecimiento,** pero se mantiene latente hasta que las *necesidades afloren en el conjunto.*

En total, todo cambio y cada pequeño esfuerzo son adheridos a la **cuenta general.** La sola manifestación del dibujo en aquel lienzo en blanco **demanda una constante Educación.**

Aprender a cubrirse no resulta como **la participación viva, activa y consciente del grado del hombre.**

Todo lo que no alcanza aquella **PRECIADA PARTICIPACIÓN,** *simplemente **desaparecerá**.*

La renovación de las formas hacia el pensamiento de la creación **no les hace preguntas a los seres creados.**

TODO EXISTE EN RELACIÓN AL HOMBRE, Y ESTE EN RELACIÓN AL CREADOR.

Cualquier deseo por debajo de **ese punto** es **borrado y aniquilado** de todas las cuentas y consideraciones, como si **nunca hubiese existido.**

Este jardín no floreció fácilmente.

En su interior, las diferencias y contradicciones entre los seres humanos **brotaban como espinas** que amenazaban con desgarrar la delicada tela que tejían.

Pero trabajando **por encima** de esas diferencias, tejiendo **pacientemente** a través de las contradicciones se revelaría una fuerza antes **desconocida**, una fuerza que uniría todos esos hilos aparentemente *dispares en una sola unidad.*

Esa fuerza, **la esencia misma de la vida**, provenía de un grado superior, del mismo pensamiento de la creación que **comenzaba a susurrar**, una vez más en el **CORAZÓN** de aquellos seres sin vida:

Hasta cuando TONTOS...hasta cuándo.

En el Futuro, este nuevo **tejido de relaciones** será la realidad que abrace a toda la humanidad.

Pero para ello, **todos** deberán participar y adaptarse a esta nueva forma de existencia.

Es un desafío que **demanda un gran esfuerzo conjunto** y una voluntad firme de **aprender y crecer.**

Solo a través de esta comprensión podremos navegar por las complejidades y oportunidades que **nos brinda esta nueva realidad.**

Cada individuo, como una delicada flor, deberá **ser cultivado con paciencia** y cuidado, asegurándonos de que todos comprendamos nuestra interconexión *y el poder que emana de ella.*

Solo entonces podremos actuar en armonía con la **fuerza de la vida del grado superior** y contribuir al florecimiento de este hermoso jardín global.

Así, a medida que cada ser humano aprenda y abrace esta **Nueva Educación**, la danza de los hilos en el vasto telar de la vida creará un lienzo lleno de belleza, unidad y propósito.

La alegoría de este período será la sinfonía de la humanidad, **una melodía** en la que **cada individuo**, como una nota única, *contribuirá a la armonía del todo.*

Que nuestros corazones y mentes se unan en este propósito, y que nuestro jardín global florezca con la esperanza de un futuro mejor para todos.

30_ Desarrollo y Conexión

En **aquellos días**, todo había sido olvidado, solo unos **pocos ancianos** guardaban el **esporádico recuerdo** de una promesa que yacía olvidada y sepultada por el correr de un tiempo que ya **había marcado su final**.

Como un cuento de abuelas que ya no estaban, la remembranza del Rey **ÚNICO**, Bueno y Benevolente que solo deseaba bien para sus criaturas, un **PUEBLO FIEL** que le serviría y traería la paz y el amor a toda aquella tierra, resonaba en la mesa con tristes historias de personas pasadas, mezcladas con una larga fila de **sueños incumplidos.**

Las vestiduras, no glorificaban **Su Gran Nombre,** y los **moradores de arcilla**, solo miraban a sus siluetas.

Quizá mañana, decían **con orgullo; seguro después** de la muerte; cuando llegue el **Elegido,** pensaban otros.

El temor era serio y solo custodiaba su propósito. Todo **parecía** distorsionado en el **reino de la ilusión.**

Las fantasías y sueños apagados, como **UN ARCO IRIS EN BLANCO Y NEGRO** que solo **brillaba en las noches.**

¿Y quién podía verlo o apreciar su llamado?

La **batalla** había sido letal, larga y dura, **apagando la esperanza tras muchos años de guerra.**

Finalmente, **una vez más**, como a lo largo de **todo el desarrollo**, el grado animado era **poderoso**, capaz de devorarse todo cuanto había a su alrededor y amenazante de todo lo que se pusiera incluso más allá.

Todo es Mio, argumentaba desde **el silencio de la ignorancia.**

¡Quién podía desafiarlo! Poseía los ojos, y todo lo veía. Además, **escuchaba**, y componía **melodías infalibles para sus seguidores**.

Era inteligente y astuto, **todo lo sentía**, conocía **cada rincón del sueño** como un hábil productor que parecía haber diseñado aquella obra.

Pobres criaturas, esclavizadas en el lugar del olvido; parados, socavando y **comiendo sus propias ilusiones**, solo podían **maquillar sus días** satisfaciéndose en aquel sueño de maravillas **con lo primero que encontraran** a su alcance.

Nada ocurría, **ni adentro ni afuera**, todo estaba sumido en el polvo.

Un pequeño punto de encanto, un profundo sueño.

Pero no podían despertar.

La orden no llegaba.

Sin embargo, desde el **otro lado de la creación**, se presentan LOS SEGUIDORES, jueces y designados fieles que harían temblar el **trono oculto** de aquel majestuoso **REY**, que parecía haber renunciado a sus promesas.

Pero no, tal cosa nunca ocurrió, *el tiempo nunca había sido un factor,* **mucho menos en los albores**

de la corrección donde cada paso era custodiado por el amor insaciable de un **bien absoluto** que estaba por levantarse de entre las cenizas.

Un pueblo se reunía y resurgía de las sombras. Cada alma, cada deseo se incluía en **aquella melodía**, como un Perfecto artesano **reestructurando su obra** ante los ojos de **estos espectadores distraídos.**

Grandes componentes habían sido preparadas desde los inicios de aquel maravilloso plan.

El Plan de la **creación era Simple**, y mantenía la intención de **manifestarse ante las criaturas.**

Solo una **pequeña chispa del lado de la oscuridad** había sido la artífice de una confusión sin igual. **La fuerza le había sido dada**, la *dirección y el gobierno también.*

Sin embargo, **El Rey ya había revocado el edicto.** La **preparación** estaba en marcha, las **sillas** en su lugar, **las luces** funcionando y el maravilloso **show de la vida** estaba entrando a escena.

Como un bebé en el vientre de su madre, donde cada etapa de desarrollo es cuidadosamente nutrida, guardada y protegida fielmente hasta el resultado final.

¡Quién podía desafiar lo que ya estaba resuelto! "**Su deseo de hacer el bien a Sus criaturas**" no era una historia olvidada, era la **misma fuerza** que había impulsado cada detalle y que tanto confundía a aquellas pequeños soñadores.

Imaginemos este proceso como un vasto jardín, donde cada **pequeña flor** es una etapa crucial en la evolución de **toda la flora**.

Así, por cada preciado pétalo, **se acumulaba una gran fuerza de Luz**.

Las sombras, un **pálido reflejo de la luz** que **las sostenía** a través de **mundos de oscuridad**, estaban a punto de crear una nueva forma.

El orden **general aplastaría aquel punto**, que se pudriría en **su propia tierra** y una criatura lista para un **NUEVO Y MARAVILLOSO ROPAJE** surgiría en aquellos días, como estaba previsto.

Como en los comienzos de aquel vasto universo, **la vida siempre prevalece** y la **cascara, la oscuridad y el sufrimiento solo sirven para proteger el fruto mientras madura,** hasta revelar su increíble y maravillosa dulzura.

Al igual que **una semilla plantada en una BUENA tierra,** se nutre con paciencia y dedicación para que crezca en su plenitud.

Cada fase es un paso esencial hacia el florecimiento final, y **la divinidad, como el jardinero supremo,** cuida y vela cada paso del camino.

El deseo divino es que todas sus criaturas alcancen su máximo potencial y encuentren la plenitud en **su existencia y, finalmente, lo conozcan a Él.**

El universo aguarda con expectación el **nacimiento de esta nueva era,** donde las criaturas comprenden **Su** propósito y se conectan con su verdadera naturaleza, **la esencia del superior que los creo**

Como una fuerza rebelde, el nivel animado puede resistirse y rechazar la guía que lo lleva hacia el bien y la armonía.

Esta lucha entre el deseo divino de guiar a sus criaturas hacia el bien y el deseo animal de satisfacción inmediata, crea una tensión dentro del tejido de la existencia.

Una ayuda en contra, una maravillosa **trama de suspenso** que el amor había **ganado desde el comienzo**. En ÉL no había tiempo, proceso, ni movimiento que mostrar.

Pero los pequeños moradores, aún debían transitar aquel camino. Y es precisamente en esta tensión donde se encuentra el potencial para el crecimiento y la superación.

Al igual que el proceso de desarrollo requiere paciencia, comprensión y perseverancia, **también debemos abrazar las etapas de nuestro crecimiento y agradecer.**

A medida que avanzamos en este viaje de evolución, **recordemos que somos como las plantas en el jardín divino**, cada paso en nuestro desarrollo **está cuidadosamente observado y nutrido por la sabiduría divina.**

Si nos permitimos alinearnos **con el deseo del Superior**, con **Su ayuda** podremos superar las limitaciones del nivel animado, **podremos florecer en plenitud y encontrar la conexión** y armonía que se encontraban en el mismo pensamiento de la creación, en la eterna **voluntad del REY.**

31_ Conociendo la Naturaleza

En un **rincón olvidado** de un antiguo pueblo, **vivía un joven llamado Fado**. Siempre había sido **un alma inquieta**, curiosa por naturaleza, y encontraba placer en **explorar los rincones más oscuros** y misteriosos de su hogar.

Un **día,** mientras deambulaba por el **denso bosque** que **rodeaba el pueblo**, tropezó con una **extraña piedra.**

La piedra parecía irradiar una **energía inusual**, pero antes de que pudiera **contemplarla** con detenimiento, **sintió un fuerte dolor** en el pecho. **La enfermedad había tocado su vida**, llenándolo de preocupación y tristeza.

Su querido padre, **desesperado por su hijo enfermo**, buscó y buscó ayuda en todas partes, **recibiendo medicamentos que no parecían funcionar**.

Un día, sus amigos llegaron exaltados de **emoción**, le hablaron de un **renombrado experto**, un sabio con **vastos conocimientos**, aunque cobraba una suma considerable.

Convencido de que valía la pena, **el padre llevó a su hijo al experto** en busca de respuestas.

El **experto examinó al niño** detenidamente y, para **sorpresa del padre**, identificó una enfermedad **aún más grave de la que otros médicos habían diagnosticado**.

El padre, **preocupado y frustrado**, PAGÓ LA TARIFA ACORDADA y regresó a casa, cuestionando **la sabiduría** de haber gastado tanto dinero en obtener un diagnóstico **aún más aterrador**.

Los amigos del padre, sin embargo, **explicaron que la verdadera importancia** del diagnóstico del experto NO RADICABA EN LA ENFERMEDAD EN SÍ, sino en la comprensión precisa de ella.

Conocer la enfermedad a fondo **ERA EL PRIMER PASO** hacia la **curación efectiva**.

Aunque parecía negativo, el diagnóstico era, en realidad, **el punto de partida para la solución.**

Saber exactamente **qué estaba mal** permitiría al padre y al médico trazar un camino **hacia la recuperación.**

A veces, **lo que parece un defecto es en realidad una oportunidad** para el crecimiento y la transformación.

Al igual que el **diagnóstico preciso permite una curación efectiva**, enfrentar y comprender NUESTRA PROPIA NATURALEZA nos brinda la oportunidad de necesitar **la ayuda que se nos provee.**

La historia de Fado nos enseña que las dificultades que nos llegan, **incluso si parecen negativas** en un primer vistazo, pueden ser en realidad **catalizadores para nuestro progreso.**

Fado se convirtió en una leyenda en el pueblo. **Su experiencia resonaba en los corazones de todos**, recordándoles que incluso en los **momentos más oscuros**, comprender el problema era el primer paso **para encontrar la solución.**

—Ahora escucho todas mis propias quejas pasadas, —dijo el niño mayor con alegría.

—El REY siempre actuaba en beneficio de los inferiores, ¿verdad? — Hermano, dijo el pequeño entre risas, aún es muy temprano para esos secretos. ——habla en voz baja, nunca se sabe quién está escuchando. —

*Aprecia la **necesidad** detrás de este viaje y comprende que cada tema **se expande** hacia la comprensión **del amor al prójimo** como a ti mismo, con un **propósito supremo**:*

Transitar del amor al prójimo al **amor al Creador.**

¡Adelante y disfruta de esta maravillosa travesía!

32_ En Secreto

En la tierra del ocultamiento, habitaba un ser *cuya serenidad se desvanecía como el vapor de un sueño al despertar.*

Sus días **transcurrían en la monotonía de un trabajo insulso,** como hojas secas que caen de un árbol muerto y son llevadas por el **viento sin dirección ni propósito.**

En su corazón, una **neblina densa** parecía haber envuelto sus emociones, el amor y el temor eran **meras sombras de lo que alguna vez conociera.**

La luz del sol ya no era más que un **débil destello** que apenas rozaba su piel, incapaz de **tocar su alma.**

Anhelaba la **pureza**, la **santidad** de una vida llena de significado, pero **todo parecía estar velado**, como si una pantalla oscura hubiera cubierto sus ojos y su corazón.

El sufrimiento se convirtió en su compañero constante, en una canción silenciosa que resonaba en cada esquina; y entonces **se esforzaba por cubrir la realidad con lo que tenía a su alcance.**

Y así, en medio de su desesperación, suplicó.

Sus lágrimas eran como **gemidos del alma**, un lamento que **trascendía las palabras** y se elevaba al cielo, como un río busca su camino hacia el mar.

En su angustia, clamó al Creador, para que retirara la pantalla de sus ojos y abriera su corazón. Deseaba contemplar la **verdad detrás de la oscuridad.**

A medida que el tiempo avanzaba y **la esperanza parecía un destello fugaz** en el horizonte, **desgarrado por la impotencia**, levanta la voz en llanto.

No es un llanto de derrota, sino un llanto de verdad, una expresión profunda y sincera de su **necesidad y anhelo**.

Así, en su propio llanto, encontró un camino hacia la verdad.

Lo que le dolía no era la sensación, sino la separación.

Sus lágrimas eran como **las llaves que abren la puerta** de la percepción, una llave que él mismo sostenía todo el tiempo.

En ese instante de claridad, el *manto de ocultamiento comenzó a desvanecerse.*

El sol del entendimiento comenzó a penetrar **sus pensamientos y emociones, despejando la oscuridad** que había estado nublando su visión.

Así, mientras sus lágrimas caían como **GOTAS DE REVELACIÓN**, su corazón recuperó la capacidad de sentir amor, temor y la esperanza de salir de su propio yo.

La alegoría nos recuerda que, en los momentos de mayor oscuridad, cuando los caminos parecen cerrados y la desesperación amenaza con dominarnos, el llanto se convierte en un puente hacia la verdad, hacia el objeto de su devoción.

Es un acto de autenticidad que abre las puertas del corazón y permite que la luz entre, disipando las sombras del ocultamiento y revelando lo que ha estado siempre presente pero velado a **su corazón.**

33_ Mirar en el Libro (Corazón)

Las cosas **que vienen del corazón**, *entran al corazón*.

En una pequeña aldea, en algún lejano lugar, había un antiguo **libro de sabiduría** llamado "**La Luz de la Verdad**".

Este libro contenía las palabras sagradas del desarrollo del Hombre, todo lo que había existido, y todo lo que estaba por haber.

Al comienzo habían sido transmitidas de **boca en boca**, con el tiempo fueron **escritas y transmitidas** de generación en generación, durante miles de años.

Los aldeanos **consideraban este libro como un tesoro invaluable**, ya que contenía la **clave para acceder a la sabiduría** y la *iluminación* que conducían a la unión con *el que Da Vida*.

Se contaban historias y enseñanzas maravillosas, **sin embargo**, el libro parecía **haber perdido su magia, su fuerza**.

Mucho tiempo había pasado, **los antiguos sabios ya no estaban** y parecía tan solo un libro más.

El libro había sido **cuidadosamente escrito** según las directrices **DEL REY**, por sabios que tenían todos los alcances pertenecientes **al grado del Hombre, pero miles de años atrás**.

Con el paso del tiempo, el libro comenzó a deteriorarse. Sus páginas se desgastaron y **algunas palabras comenzaban a borrarse**.

A medida que sus letras se borraban, también en la gente se apagaba el amor y la conexión, y con ello, la búsqueda de aquel que da VIDA.

El mundo estaba cambiando, un nuevo proceso se acercaba.

Los aldeanos, preocupados de perder esta valiosa fuente de conocimiento, **decidieron copiar el contenido del libro en nuevos pergaminos.**

El libro sería dividido, explicado y cuidadosamente guardado.

Y así fue, con mucho **trabajo y esfuerzo**, duplicaron el contenido, realizaron algunas *explicaciones, aclaraciones, y agregaron algunas ilustraciones.*

Finalmente, después de algunos años, terminaron con aquella gran labor, **una vez más tenían en su poder el libro Divino.**

Cuidadosamente escribieron cada palabra en los nuevos pergaminos, asegurándose de preservar la sabiduría contenida en ellos.

El Libro original quedó completamente en blanco, cada letra, cada palabra **había desaparecido.**

A pesar de los manuscritos cuidadosamente realizados, y custodiados para preservarlos en el tiempo, **incluso cuando las palabras estaban presentes en la memoria**, su impacto y significado se **atenuaba, disminuía,** *se perdía hasta no tener ningún significado.*

Era como si las palabras se volvieran opacas y perdieran su poder transformador. Así, fue guardado y olvidado.

Aún no era momento, ya no había necesidad.

Mucho tiempo había pasado, la pequeña aldea había crecido, más personas habían llegado, muchas cosas habían cambiado.

La vieja aldea ahora se llamaba **ciudad**.

Una tarde de **invierno**, un **anciano poseedor de aquel libro original en blanco, descansaba sus últimos días** en su pequeña librería.

Como todos los días, uno de sus **conocidos clientes** entró con su **pequeño hijo**. Eran clientes habituales, todos se conocían.

Mientras **papá y el anciano** arreglaban sus asuntos, **aquel libro cayo, como por accidente**, en manos del **pequeño niño**.

—Déjalo, le **dijo el anciano** al padre del niño, El Libro es un hermoso recuerdo, no le hará daño, son **hojas en blanco de un pasado que nadie recuerda**. —

Cuando el **niño abrió el libro**, quedó maravillado con **su pequeño rostro** pegado a aquellas hojas, el niño no sabía leer aún, **no estaba en edad**.

Ante el **silencio** del niño, el **papá y el anciano** se acercaron a ver.

Ahí estaba sentadito, **lucía como un adulto** inmerso en *la lectura*.

Para sorpresa del anciano, el libro tenía sus viejas letras iluminadas, dibujos, cuentos y alegorías habían renacido **una vez más**.

El niño **creció**, aprendió a leer y estudio de aquel libro.

Él mismo llegó a ser un **Gran Sabio**. Años más tarde, dejaría otros libros que él mismo preparó, para **las generaciones por venir**.

Cuando **miramos en el libro original**, incluso cuando está borrado, las palabras que antes se habían escrito, pueden atraer la Luz una vez más.

La Luz imparte **nueva iluminación** con la cual se **vuelve a sentir** y a comprender una vez más **lo que había desaparecido**.

Todo existe en cada uno de nosotros.

En ese momento, las palabras **se revelan como nuevas** y frescas en el corazón.

La Sabiduría y la iluminación no deben ser vistas como algo **mental,** una repetición de algo que puede ser aprendido o enseñado.

La sabiduría únicamente se encuentra en el corazón.

Aunque podamos memorizar y estudiar las enseñanzas sagradas, es importante recordar: ¿Quién es el dador? ¿De quién es el trabajo que está realizando?

De este modo siempre habrá más por descubrir y comprender, porque el corazón entiende.

Cada vez que nos sumergimos en el libro, **es decir en el corazón**, podemos **atraer la Luz** y recibir una nueva revelación, **incluso de las palabras que ya conocemos.**

Así, nosotros también **podemos renovar nuestra conexión**, y atreves de esta conexión reencontrarnos **con aquel da la vida.**

Al abrirnos a la posibilidad de recibir una nueva realidad, nos abrimos a la posibilidad de una nueva iluminación.

Mientras la humanidad transita hacia la **ERA DE LA CORRECCIÓN, debe entender** que la verdadera **sabiduría se encontrará en el corazón**, es decir en la conexión **entre el hombre y el hombre**, y entonces pueden alcanzar al Creador, **aquel que da la Vida**, el mismo que **les dio** el libro Original.

Después de todo,

NO existe nada más aparte del Rey.

—Cuéntame más dijo el niño mayor, ¿cómo fue que realizaron todo esto? ¿Que dejó aquel Sabio, Quien era, tiene un nombre? —

—Esa es la parte más maravillosa de la historia, pero hoy ya es tarde, vamos a palacio, el Rey espera por nosotros.

Mañana le pediremos al Rey que continúe... él disfruta que le pidan, y así llenar **las necesidades** de Sus hijos. —

—Vayamos a palacio, dijo alegre el niño mayor. —

—Si hermano, vayamos, —repitió el pequeño sabio.

—Caminemos juntos, repasemos las palabras de nuestros maestros—.

Finalmente, se levantaron de debajo de aquel majestuoso árbol, y emprendieron su caminata por los jardines hacia el encuentro con su padre.

Mientras tanto, un parpadeo suave se cerraba y abría viéndolos partir.

Era el primer hombre, que se había dormido tras la visita del Rey.

Finalmente, después del largo camino, despertaba de su **sueño**. Ahora, más preparado, comprendía el viaje que debía emprender.

La vida no tenía un fin, era tan solo el comienzo.

34_ El Guía

En los **dominios del conocimiento eterno**, que discurre entre lo revelado y lo oculto, entre el **GRADO ANIMAL Y EL grado del HOMBRE**, donde el tiempo es una mera ilusión de los sentidos, se alza una figura, **un Maestro** que guía **a sus discípulos** por los laberintos de la sabiduría.

Su **propósito es simple**, su dedicación **inquebrantable,** su amor y su cuidado son *eterna guía de una educación a medida para cada uno de los discípulos.*

Este ilustre guía **ilumina el camino** y **abre las puertas** hacia la comprensión más profunda, LA **VIDA DEL HOMBRE.**

Juntos caminan día tras día, por un maravilloso sendero, el más antiguo de los caminos, como un mapa que se revela con cada paso, con cada superación.

Año tras año, hasta llevarlo a un *lugar seguro*, a un momento en su camino donde sea capaz de pararse en **sus propios pies** y seguir la senda marcada *por el deseo del Superior.*

SU DESEO de hacer Bien a sus **seres creados**, el descenso del alma, hasta elevarlo nuevamente al lugar **de su raíz.**

Siguiendo **sus enseñanzas**, uno se **encuentra exento de las duras pruebas** que debería enfrentar para alcanzar la claridad mental *por sí solo.*

Es como si el Maestro extendiera *su mano y tomara la suya para salvarlo del tiempo y el dolor innecesario.*

*Con un cuidado sobrehumano, con una paciencia que **trasciende lo real**, el **amor y la protección** extendida desde **sus palabras** serán cobijo, guarida y consuelo para su corazón confundido **durante mucho tiempo.***

Al adherirte a **SU GUÍA** te liberas de todas las cargas que te rodean, y encuentras un **sendero acelerado** hacia el conocimiento y la realización.

Cada paso en este camino es personal y único. Nadie más puede recorrerlo por ti. Pero tampoco puedes hacerlo sin los amigos.

El esfuerzo que inviertas ya es parte de tu gran recompensa. Al adherirte a un verdadero maestro, te encontrarás **adherido al REY.**

 La equivalencia de forma cubrirá todas las faltas, **el amor** cubrirá **todas las transgresiones, el grado del Hombre estará en tus manos, y tú en las del REY**

En este proceso, hallarás la esencia *DE LA VIDA*.

Cuando el **propósito es claro** y se vislumbra **el proceso que se desarrolla ante nosotros,** incluso en momentos de oscuridad, de debilidad y en el descenso más profundo, recordaremos lo que se nos enseñó. **Tu maestro nunca te dejará y entonces retornarás a la VERDAD.**

Confía en la **guía del Maestro,** y encontrarás **LUZ** que te acompañe en los momentos **más difíciles**

Abraza la sabiduría y el don que **TE OFRECE** y encontrarás el **anhelo de trascender todos los límites que solo existen en tu percepción.**

En este camino de adhesión a la Vida de Vidas, descubrirás un universo de amor que trasciende los límites, los bordes, las fronteras, los niveles, **el tiempo y el espacio.**

Con **EL CORAZÓN EN PAZ,** avanza hacia la elección de una vida plena y encuentra **TU LUGAR** en la danza eterna del conocimiento y la conexión **con el Todo.**

¡Elige la vida, y la vida te abrazará con infinito amor!

El camino se cerraba sobre los niños que continuaban su viaje hacia el palacio del Rey.

Después de **recordar a sus maestros**, ambos caminaban en silencio.

Múltiples colores los acompañaban junto con una dulce melodía. Las tonadas del pasado todavía estaban impresas en sus buenos corazones.

Como compartiendo el pensamiento, el hermano mayor suspiro:

—*La grandeza de nuestros maestros nos trajo hasta aquí, cuán grandes son los amigos,* — continuo.

Su rostro se iluminaba al compás de su recuerdo

—Nos recordaba con ojos insinuantes: la importancia de la meta — agregó el pequeño.

— Finalmente vamos **juntos** al palacio del REY, —asintió el mayor con gran alegría.

Cuanto contento para nuestro padre, **sonrió el pequeño.**

Finalmente, Juntos en el Palacio del REY —

EPÍLOGO

EL Señor Llamó

En el lugar del punto medio, en lo más lejano, profundo y opuesto a la existencia, el Rey de todos los reyes gobernaba con una bondad que superaba los límites del entendimiento humano.

Los moradores de este reino producto de la separación y el ocultamiento, aún llevaban sus días según la imaginación les permitía, es decir la voluntad del Rey.

Incluso los miembros de la asamblea, los ministros, magos y bufones, todos, habían olvidado sus orígenes, adoptando la forma de separación que les servía de sustento para su pequeña impresión de vida.

Entre ellos, los hijos del rey habían desviado sus caminos una vez más. Pero el rey, en su amor y cuidado por ellos, les había preparado un sendero especial. el camino de la luz.

Al mantener y observar sus mandamientos les ayudaría a que finalmente la semilla del amor floreciera nueva mente en sus corazones.

La tarea no sería simple, pero la educación de sus hijos, aquellos destinados a ser herederos de su magnificencia, había sido preparada de antemano y llegaba el tiempo de hacer.

Durante un prolongado y doloroso camino, que conllevó momentos de penumbra y sombra, habían sido preparados para los verdaderos sufrimientos.

El reconocimiento de la separación y el destierro de la Reina aún no tocaba sus corazones.

Para estos jóvenes, el camino hacia la semejanza con su Padre se teñía de exilios en los que sus corazones y esperanzas se hallaban desterrados.

En medio de estos exilios, la Reina, que personifica a la divinidad, el vínculo entre ellos, también fue arrojada de Su lado.

La conexión sublime que unía a todos quedó sumida en este destierro en el que el rostro del Rey, su bondad y su amor, se ocultaron.

En su limitado entendimiento, estos jóvenes estudiantes juzgaban al Rey según sus propias faltas.

En cada uno de los exilios, el Rey había trazado un inicio y un fin precisos. En cada ocasión, un tiempo marcaba el destierro, y la Reina siempre regresaba a su trono, junto a Él.

Pero en el último de estos exilios, los caminos se bifurcaron hacia una tierra extranjera. La Reina, en lugar de regresar como en los tiempos pasados, permaneció en el exilio.

El Rey declaró: "La Reina ha caído y no se elevará de nuevo", pero no dijo: "Yo no la elevaré de nuevo".

Esto es similar a la historia de un Rey que había desterrado a su Reina en momentos de enfado. Ella siempre retornaba al palacio después de un período determinado, en una ocasión, dos y tres.

Pero en el último destierro, algo cambió. La Reina, en lugar de regresar, se alejó más allá del horizonte, forzando al Rey a un destierro profundo y prolongado.

Lleno de amor y resolución, el Rey emprendió un viaje en busca de la Reina. La halló postrada en el polvo, lejos de su glorioso trono. La alzó entre sus brazos con ternura y la llevó de vuelta al palacio, con una promesa que reverberaba en el viento: nunca más se separarían.

Así es nuestra historia, los hijos del Rey experimentaron exilios similares. Sin embargo, en este último destierro, El Rey, en su inmenso amor, no esperaría por su regreso.

Él y todo su ejército partiría en busca de ellos. Los levantaría de su caída, los consolaría en sus desesperanzas y los llevaría de regreso al esplendor de su morada real.

El Rey, ya había venido en su dirección, extendiendo su mano para elevar a la Reina nuevamente.

El amor del Rey resplandecería aún en las sombras más densas del exilio, como una luz guía, que jamás se apaga.

Los hijos, a su vez, abrazarían ese amor con la misma pasión y profundidad, convirtiéndose en reflejos de su Rey amoroso.

Y así, en unidad de amor y búsqueda, la Reina, los hijos y el Rey formarían un lazo indisoluble que trascendería las penas de todos los destierros, brillando eternamente en la morada del Rey.

Sin embargo, el pueblo aún no había entrado junto con ellos al exilio definitivo.

Mirando hacia el futuro, se avecinaba una época de extensa preparación, para la reconexión entre todas las partes.

En este proceso, el Rey finalmente se revelará al alma general, y el único propósito por el cual todo fue creado, será entendido y alcanzado por todos.

En ese momento de revelación, las sombras del exilio serían disipadas por la luz del amor y el entendimiento común.

El pueblo, guiado por el amor y el conocimiento, trascenderá los obstáculos que alguna vez lo mantuvieran en la oscuridad.

Así, en la unidad del amor, el Rey trae al alma general de regreso a la morada eterna.

De este modo se completa la realización del segundo estado y, con él, todos entienden que el Rey solo hace Bien.

Todos los juicios han sido endulzados, la noche y la separación se convirtieron en unión y adhesión, el exilio quedó atrás como si nunca hubiera existido.

Ahora en el tercer estado un nuevo círculo de vida finalmente ha comenzado, donde la vida es un proceso sin fin, un estado llamado amor.

Esto es cuanto vimos, es decir **SU deseo de hacer bien a sus seres creados**.

Bienvenidos a la era de la corrección:
Para andar por todos sus caminos,
elevar a la Divinidad del polvo, y

Adherirse a ÉL.

RESUMEN FINAL

Esta sabiduría no es ni más ni menos que una **secuencia de raíces** que cuelgan a modo de **causa y consecuencia**, siguiendo **leyes fijas y determinadas** que se entretejen en una única y excelsa meta, descrita como:

"La **Revelación** de **Su Divinidad** a **Sus criaturas** en este mundo".

Baal HaSulam

Agradecimiento

Estimados lectores

En primer lugar, nos gustaría expresar nuestro más sincero agradecimiento por haberse tomado el tiempo de sumergirse en las páginas de nuestro libro, explorar sus historias y conocer a sus personajes. Su apoyo y participación son inestimables para nosotros, y nos entusiasma conocer sus opiniones y perspectivas. Con gran entusiasmo y expectación les presentamos este cuestionario.

Este cuestionario tiene una finalidad primordial: recoger sus valiosas impresiones y observaciones sobre nuestro libro. Su voz como lector es fundamental, ya que nos ayuda a comprender cómo nuestra obra conecta con usted, qué elementos le resuenan y en qué podemos seguir mejorando.

Su participación es totalmente opcional. Si lo prefiere, puede escanear QR:

1 Circle HDG
Proyecto Círculos

1 CIRCLE
Human development group

www.ingramcontent.com/pod-product-compliance
Lightning Source LLC
Chambersburg PA
CBHW072355020726
47506CB00004B/1125